Fiona Kelly

Pferdedieben auf der Spur

Fiona Kelly

Pferdedieben auf der Spur

Ravensburger Buchverlag

Ravensburger Taschenbuch,
Band 54236,
erschienen 2004
als Aktionsausgabe

Die deutsche Erstausgabe erschien
1997 im Ravensburger Buchverlag

Die Originalausgabe erschien 1994
bei KNIGHT BOOKS, Hodder and Stoughton,
London
unter dem Titel "The Mystery Club – Dark
Horses"

Umschlagkonzeption: Sabine Reddig
unter Verwendung eines Fotos von Mauritius

Printed in Germany

**Die Schreibweise entspricht den
Regeln der neuen Rechtschreibung.**

5 4 3 2 1 08 07 06 05 04

ISBN 3-473-54236-9

www.ravensburger.de

Besonderer Dank gilt
Sue Welford

Kapitel 1

Ein geheimnisvoller Anruf

Belinda ist nicht zu Hause. Sie ist mit Milton zur Reitschule geritten, um sich ein Anmeldeformular für das Springturnier in der nächsten Woche zu holen.“

Mrs Hayes wollte gerade in ihren Sportwagen steigen, als Holly Adams vor dem Haus im vornehmsten Viertel von Willow Dale ankam.

„Vielen Dank, Mrs Hayes. Ich werde sie schon irgendwo finden.“ Hollys graue Augen funkelten, als sie die Mutter ihrer Freundin anlächelte.

„Ich bin nämlich gerade auf dem Weg zum Frisör“, sagte Mrs Hayes.

Ebenso gut hätte sie sagen können, sie käme gerade *vom* Frisör, fand Holly. Sie sah wie immer tadellos aus. Eine leichte Brise fuhr durch Hollys hellbraunes Haar, als sie zusah, wie Mrs Hayes im Innenspiegel des Sportwagens ihr Make-up überprüfte und dann über die lange, kiesbestreute Auffahrt davonfuhr.

Holly drehte ihr Fahrrad herum und folgte ihr. Sie war nur auf gut Glück zu Belinda gefahren, denn bei ihr zu Hause ging es drunter und drüber. Der Plan ihrer Mutter, sich in der Bank eine Woche freizunehmen, um die Diele zu renovieren, hatte sich als keine gute Idee erwiesen. Überall standen und lagen Leitern und Tapetenrollen herum, und als ihr jüngerer Bruder Jamie dann noch in den Eimer mit Tapetenkleister getreten war, hatte Holly die Flucht ergriffen.

Nachdem Mrs Adams die Stelle bei der Bank angenommen hatte, war die Familie aus dem Londoner Stadtteil Highgate in ein kleines Haus in dem schläfrigen Städtchen Willow Dale in Yorkshire gezogen. Alle waren sich einig gewesen, dass das Haus schnell renoviert werden musste, doch obwohl Hollys Vater ein geschickter Tischler war, schien er nie genug Zeit dafür zu haben. Bisher war jedenfalls Hollys Zimmer der einzige halbwegs bewohnbare Raum im Haus der Familie Adams.

Holly bog auf die Straße ein, die zur Reitschule von Willow Dale führte. Belinda würde sich bestimmt freuen, sie zu sehen. Eigentlich waren sie erst für später verabredet. Dann wollten sie sich mit ihrer Freundin Tracy Foster, dem dritten Mitglied des Mystery Clubs, in der Eisdiele treffen.

Unterhalb der hochgelegenen Straße breitete sich Willow Dale aus wie eine Landkarte. Holly konnte von hier aus den Kirchturm sehr gut sehen, den Bereich, in dem der alte und der neue Teil der Stadt aneinander grenzten, und in einiger Entfernung auch das moderne, vor dem Ort erbaute Einkaufszentrum und die Sporthalle. Es war viel schöner, hier zu wohnen als in der Millionenstadt London, wo man Tag

und Nacht den Verkehrslärm hörte und wo die Luft nicht annähernd so sauber war.
Anfangs war es Holly schwer gefallen, sich in ihrer neuen Heimat einzuleben, doch das hatte sich schlagartig geändert, als sie auf die Idee gekommen war, den Mystery Club zu gründen. Inzwischen waren die beiden anderen Mitglieder, Belinda Hayes und Tracy Foster, ihre besten Freundinnen.
Seit der Gründung des Clubs waren die drei schon öfter ganz zufällig in echte Kriminalfälle verwickelt gewesen. Es war einfach so, dass sie spannende Fälle anzuziehen schienen wie der Honig die Bienen. Das war in London genauso gewesen. Auch dort hatten Holly und ihre dort lebenden Freunde Miranda Hunt und Peter Hamilton mehrmals zur Aufklärung von Kriminalfällen beigetragen.
In einiger Entfernung entdeckte Holly eine Reiterin auf ihrem Pferd. Das könnte Belinda sein, dachte sie. Holly stellte sich in die Pedale und winkte ihr freudig zu. „Hallo!"
Pferd und Reiterin kamen im flotten Trab auf sie zu. Es war Holly sehr peinlich, als sie merkte, dass es gar nicht Belinda war, sondern eine junge Frau von Anfang zwanzig.
„Guten Morgen", sagte sie. „Stimmt etwas nicht?"
Holly schluckte. „Oh, es tut mir sehr Leid. Ich habe Sie verwechselt." Sie schämte sich ein wenig dafür, eine Fremde so überschwänglich begrüßt zu haben. Doch in Hollys Augen sahen alle fuchsfarbenen Pferde gleich aus. „Das Pferd meiner Freundin sieht genauso aus wie Ihres. Entschuldigen Sie."
„Das macht doch nichts", sagte die junge Frau lächelnd.

Aus der Nähe betrachtet hatte die Reiterin keinerlei Ähnlichkeit mit Belinda. Sie war viel schlanker und unter ihrer Reitkappe lugte kurzes schwarzes Haar hervor.
„Das ist Roddy“, sagte sie und klopfte ihrem Pferd liebevoll den Hals. „Und ich bin Jenny Maylam. Wir wohnen auf der Snowdrop Farm unten im Tal, auf der anderen Seite des Hügels.“
„Er ist wirklich ein bildschönes Pferd“, sagte Holly, obwohl sie eigentlich gar nichts von Pferden verstand. Ihre große Leidenschaft waren Kriminalromane. Sie verschlang jeden Krimi, der ihr in die Hände fiel, und verpasste auch keinen der alten in Schwarz-Weiß gedrehten Kriminalfilme im Fernsehen. Holly hoffte, eines Tages eine gefragte Kriminalreporterin zu werden. Sie stellte sich vor, Artikel für eine der großen Zeitungen zu schreiben und dabei vielleicht der Polizei bei der Aufklärung von Verbrechen zu helfen. Zurzeit allerdings musste sie sich noch damit zufrieden geben, Artikel für *Winformation*, die Schülerzeitung ihrer Schule, zu verfassen. Die Herausgeberin Steffie Smith hatte ihr eine Seite für Krimithemen zur Verfügung gestellt und übertrug ihr auch oft die Berichterstattung zu anderen Themen.
Belinda war das einzige Mitglied des Mystery Clubs, das verrückt nach Pferden war. Holly hatte manchmal das Gefühl, dass Belinda nur für ihr Vollblutpferd Milton lebte. Tracy dagegen war eine Sportfanatikerin, die keine Herausforderung ablehnte und immer in Topform war. Wenn es etwas gab, das am besten im Laufschritt erledigt wurde, war Tracy grundsätzlich die Erste, die sich freiwillig meldete.
„Wohnst du in der Nähe?“, fragte Jenny Maylam Holly.

„Ich wohne in der Stadt", sagte Holly. „Ich bin auf dem Weg zur Reitschule, weil ich dort meine Freundin Belinda treffen wollte."

„Na, dann viel Spaß noch", sagte die junge Frau freundlich. „Es war nett, dich kennen zu lernen." Sie presste dem Pferd die Absätze gegen den Bauch und trabte davon.

„Wiedersehen!", rief Holly ihr nach und schwang sich wieder auf ihr Rad.

Auf der Hügelkuppe legte sie eine kleine Pause ein, um wieder zu Atem zu kommen. Unten im Tal lag die Snowdrop Farm. Dort wurde gerade ein graues Pferd in einen blauen Viehtransporter verladen. Der Fahrer klappte die Verladerampe hoch und stieg dann ins Führerhaus. Aus einer Seitenstraße kam ein grüner Geländewagen. Er wartete, bis der Viehtransporter auf die Straße gerumpelt war, die beiden Fahrer wechselten ein paar Worte und fuhren dann in verschiedene Richtungen davon.

Der Transporter fuhr den Hügel hinauf auf Holly zu. Sie ging an den Straßenrand, um ihn vorbeifahren zu lassen. Der Fahrer starrte auf sie herab und ignorierte ihr Lächeln. Er zog sich rasch die Tweedmütze tiefer ins Gesicht.

„Sehr freundlich ist der Kerl nicht gerade", murmelte Holly zu sich selbst und runzelte die Stirn. Sie sah dem Transporter nach, der gerade abbog. Ihr fiel auf, dass er schlammbedeckt war, so als wäre er über einen Acker gefahren.

In der Reitschule konnte sie Belinda nirgendwo entdecken, doch Milton war in der Nähe des Tränkebeckens angebunden. Der grüne Geländewagen parkte in einer Scheune.

Jake Barratt, der Besitzer der Reitschule, gab einer Gruppe

von Kindern gerade eine Reitstunde. Er war ein Mann mittleren Alters in Reithose und dunkelrotem Sweatshirt.
Holly ging zu einem blonden Mädchen, das gerade eine Box ausmistete. „Hallo, hast du ein Mädchen mit einer Brille und einem schäbigen grünen Sweatshirt gesehen?"
„Gehört ihr nicht dieser Vollblüter?" Das Mädchen zeigte auf Milton, dessen rotbraunes Fell in der Sonne glänzte. „Sie hat nach Anmeldeformularen für das Turnier gefragt."
„Das ist sie", bestätigte Holly.
Das Mädchen stellte sich als Melanie Brookes vor. „Wir haben ihr Pferd bewundert. Es ist einfach toll."
„Wenn Belinda das hört, hast du eine Freundin fürs Leben gewonnen", sagte Holly. „Milton ist ihr ganzer Stolz. Hast du vielleicht eine Ahnung, wo sie stecken könnte?"
„Sie ist mit Grant D'Angelo ins Büro gegangen. Er ist Jakes Assistent und organisiert das Turnier."
„Danke", sagte Holly, „ich werde sie schon irgendwo finden." Sie wollte gerade die Stufen zum Büro hinaufrennen, als sie einen Schrei und dann das Klappern von Pferdehufen auf dem Asphalt hörte.
Ein reiterloses Schimmelpony galoppierte durchs Tor. Wie der Blitz sprang Holly auf das Tier zu und packte die Zügel. Das Pony kam schlitternd zum Stehen und stieg. Beinahe hätte es Holly die Zügel wieder aus der Hand gerissen, doch sie hielt sie fest und schaffte es nur knapp, den ausschlagenden Vorderhufen auszuweichen. Endlich stand das Pony wieder auf allen vieren und zitterte vor Aufregung.
„Ruhig, ganz ruhig!", schnaufte Holly, die vor Schreck ganz außer Atem war.

Plötzlich kam eine Frau aufgeregt auf den Hof gelaufen. „Jemand muss schnell kommen. Kelly ist abgeworfen worden!“

Belinda und ein gut aussehender junger Mann mit dunklem, lockigem Haar und breiten Schultern kamen aus dem Büro gerannt. Holly erkannte in ihm den Fahrer des Geländewagens.

Ein Ausdruck des Erstaunens huschte über Belindas rundes Gesicht, als sie Holly entdeckte, die sich mit aller Kraft an die Zügel des unruhigen Ponys klammerte.

„Was machst du denn hier?“, stieß sie hervor und strich sich dabei eine widerspenstige Strähne ihres braunen Haars hinters Ohr. „Ich dachte, wir wollten uns erst heute Nachmittag treffen.“

„Wo ist sie?“, fragte der junge Mann die Frau besorgt.

„Sie liegt auf der Straße“, stieß die Frau verzweifelt hervor.

Holly drückte Belinda die Zügel in die Hand. „Ich erkläre es dir gleich!“ Sie rannte die Stufen hinauf und stürzte ins Büro. Sie versuchte, sich zur Ruhe zu zwingen, und wählte die Notrufnummer. Mit dem Fuß klopfte sie ungeduldig auf den Boden, während sie darauf wartete, dass sich die Notrufleitstelle meldete.

„Was können wir für Sie tun?“ Die Dame am Telefon klang ruhig und gelassen.

Holly berichtete hastig von dem Unfall und gab die Adresse der Reitschule durch. Mit klopfendem Herzen rannte sie zur Straße. „Der Rettungswagen ist unterwegs!“

Der junge Mann, der Grant D’Angelo sein musste, kniete neben einem kleinen Mädchen, das bewusstlos am Straßen-

rand lag. Kellys Mutter weinte und rang die Hände. Holly erzählte Grant, dass sie über den Notruf Hilfe angefordert hatte. Er warf ihr einen dankbaren Blick zu.
„Super. Gut gemacht."
„Der Rettungswagen wird sicher gleich hier sein", versuchte Belinda Kellys Mutter zu beruhigen.
Grant deckte Kelly mit seiner Jacke zu. „Wir dürfen sie nicht bewegen." Er hob sanft ihre Hand hoch und fühlte den Puls. Einen Moment lang sah er besorgt aus, dann stand er auf und legte der Mutter einen Arm um die Schultern. „Ich bin sicher, dass es nichts Ernstes ist, Mrs Harris. Ihr Puls fühlt sich ganz regelmäßig an." Die Frau lehnte sich gegen ihn. „Kommen Sie", sagte er. „Setzen Sie sich ins Gras."
Belinda ließ sich neben Mrs Harris nieder. „Versuchen Sie, sich keine Sorgen zu machen. Ich bin schon oft vom Pferd gefallen."
Holly betrachtete das blasse Gesicht des gestürzten Kindes und warf dann einen Blick auf Grant. Er zuckte mit den Schultern, dann ergriff er ihren Arm und führte sie ein Stück weit fort.
„Das gefällt mir gar nicht", flüsterte er. „Ich habe ihrer Mutter etwas vorgemacht. Ich wollte sie nicht in Panik versetzen, aber der Puls von Kelly ist sehr schwach. Ich hoffe nur, dass der Rettungswagen bald kommt."
Genau in diesem Moment ertönte das Heulen der Sirene. Holly seufzte erleichtert auf. Je schneller das kleine Mädchen ins Krankenhaus kam, desto besser. Der Rettungswagen kam zum Stehen, und zwei Sanitäter sprangen heraus. Als Jake Barratt den Krankenwagen hörte, kam er ange-

rannt. Er sah zu, als Kelly vorsichtig auf die Trage gelegt und in die Notaufnahme des örtlichen Krankenhauses gefahren wurde.

Grant biss sich auf die Lippe. „Hoffentlich ist es nichts Ernstes." Er sah Holly und Belinda an. „In einer solchen Situation fühlt man sich immer so hilflos, findet ihr nicht?"

„Niemand hätte mehr tun können als du", beruhigte Belinda ihn.

„Er kann großartig mit Kindern umgehen", sagte Melanie und sah Grant voller Verehrung an.

Grant zuckte mit den Schultern und strich sich mit einer Hand durch die Haare. „Ich mag Kinder eben." Er lächelte. „Fast so sehr, wie ich Pferde mag." Er wandte sich Holly zu. „Reitest du bei unserem Turnier auch mit?"

„Nein, ich nicht", antwortete Holly.

Belinda stellte sie ihm vor. „Sie wird nur kommen, um mich anzufeuern", sagte sie grinsend. „Wozu sind Freundinnen denn sonst da?"

Mittlerweile war Jake ins Büro zurückgegangen. Er streckte den Kopf aus der Tür und rief: „Telefon für dich, Grant!"

Grant presste die Lippen zusammen und sah plötzlich ärgerlich aus. „Wer ist es?"

Jake zuckte mit den Schultern. „Hört sich an wie der Mann, der schon mehrmals angerufen hat."

„Kannst du ihm nicht sagen, dass ich nicht da bin?"

Jake sah ihn gereizt an. „Grant, das ist jetzt schon das dritte Mal, dass ich ihn für dich abwimmeln soll. Sprich doch endlich mit dem Mann. Vielleicht hört er dann auf, dir auf die Nerven zu gehen."

Grant seufzte. „Meinetwegen." Er verschwand im Büro.
„Ach, Belinda, bevor ich es vergesse", sagte Jake, „sag deiner Mutter bitte, dass wir einige Sachen für ihren Flohmarkt gesammelt und sie in eure Garage gestellt haben. Vielleicht hat sie sie schon gefunden."
„Ich sage es ihr", nickte Belinda. Ihre Mutter war in mehreren Wohltätigkeitsorganisationen aktiv und ihr neuestes Projekt war ein Flohmarkt im Gemeindesaal.
„Und was treibt dich eigentlich her?", fragte Belinda Holly, nachdem Jake gegangen war.
„Zu Hause sind alle völlig verrückt geworden", erklärte Holly. „Ich habe es einfach nicht mehr ausgehalten."
Belinda warf Milton die Zügel über den Hals und saß auf. Sie klopfte auf die Tasche ihres verblichenen grünen Sweatshirts.
„Ich habe mein Nennformular", sagte sie. „Grant hat mir einen Gefallen getan und mich nachnennen lassen – eigentlich war der Anmeldeschluss für die Springprüfung schon gestern." Sie stöhnte. „Die Mittagszeit muss längst vorbei sein. Mein Magen knurrt wie ein hungriger Löwe. Ich verspüre ein ganz starkes Verlangen nach Bratkartoffeln mit Rührei."
Holly grinste. Belinda hatte immer Hunger. Sie holte ihr Rad. „Dann los. Machen wir ein Wettrennen bis zu dir nach Hause."
„Wenn ich bloß diese Energie hätte", seufzte Belinda.
In diesem Augenblick kam Grant aus dem Büro und sah sich wütend um. „Mistet endlich die Boxen aus!", brüllte er ein paar Mädchen an, die immer noch herumstanden und über

Kellys Unfall diskutierten. „Morgen ist mein freier Tag, und ich erwarte, dass alles fertig ist, wenn ich zurückkomme!“ Er rannte über den Hof und sprang in seinen Geländewagen. Die Räder drehten durch, als er durchs Tor raste. Milton machte einen erschrockenen Satz zur Seite.
„Ganz ruhig, mein Junge“, sagte Belinda und fasste die Zügel kürzer. „Was für eine Laus ist dem denn über die Leber gelaufen?“
Melanie zuckte die Schultern. „Er hatte in letzter Zeit eine Menge Ärger“, sagte sie mitfühlend.
„Wieso das?“, fragte Belinda.
Melanie schüttelte den Kopf. „Es ist irgendwie geheimnisvoll“, sagte sie leise. „Normalerweise ist Grant ein wirklich netter Kerl, doch seitdem er diese Anrufe bekommt, läuft er durch die Gegend wie ein Bär mit Kopfschmerzen.“
Bei dem Wort „geheimnisvoll“ wurde Holly hellhörig. Sie sah Belinda mit funkelnden Augen an. Belinda stemmte die Hände in die Hüften.
„Holly, du hast schon wieder diesen Gesichtsausdruck!“
„Welchen Ausdruck?“, fragte Holly unschuldig.
„Das weißt du ganz genau“, sagte Belinda. „Deinen ‚Los, lasst uns herausfinden, was hier vorgeht‘-Ausdruck!“
„Findest du?“, sagte Holly grinsend. „Dann lass uns doch genau das tun.“
Belinda schüttelte den Kopf. „Warum lasse ich mich bloß immer wieder von dir überreden?“

Kapitel 2

Ein Pferd verschwindet

Ich konnte fast sehen, wie deine Nase anfing zu zucken, als Melanie uns von diesen Anrufen erzählt hat", sagte Belinda auf dem Heimweg zu Holly.

Holly grinste. Belinda hatte Recht. Sie brannte darauf herauszufinden, warum Grant sich über diese Anrufe so aufgeregt hatte.

Als sie bei Belinda ankamen, setzte sich Holly auf den Koppelzaun und sah zu, wie Belinda Milton absattelte und dann auf die Weide brachte. Dann schlenderten die beiden durch den gepflegten Garten mit seinen Sträuchern und Rosenbeeten aufs Haus zu.

In der Küche war Mrs Hayes bei der Zubereitung des Mittagessens. Belindas viel beschäftigter Vater war wieder einmal auf einer Geschäftsreise.

„Ach, Holly", sagte Mrs Hayes, als die beiden Mädchen hereinkamen. „Gut, dass ich dich sehe." Sie wusch sich an der blitzenden Spüle die Hände, trocknete sie ab und rieb sie

danach sorgfältig mit Handcreme ein. „Belindas Vater hat gerade aus Paris angerufen. Er möchte, dass ich für ein paar Tage zu ihm komme, und ich habe mir für morgen einen Platz im Zug reservieren lassen. Hättest du Lust, so lange hier zu übernachten und Belinda Gesellschaft zu leisten? Wenn nicht, muss sie für die nächsten Tage zu Tante Susie."
„Das ist eine geniale Idee, Mom!" Belinda setzte sich an den Küchentisch und sah Holly erwartungsvoll an. „Du kommst doch, nicht wahr? Tracy müssen wir natürlich auch fragen, damit sie sich nicht ausgeschlossen fühlt."
„Ich komme gern", sagte Holly. „Aber zuerst muss ich meiner Mutter Bescheid sagen."
„Ja, natürlich." Mrs Hayes schnitt sich eine dünne Scheibe Camembert ab. „Sag deiner Mutter, dass Susie ständig erreichbar ist und dass ihr euch auch an die Nachbarn wenden könnt, wenn es Probleme gibt."
„Ist gut."
„Ruf deine Mutter bitte gleich an", verlangte Mrs Hayes. „Ich möchte, dass alles geklärt ist, bevor ich anfange zu packen."
Holly ging in die mit einem dicken Teppich ausgelegte Halle, um zu telefonieren. Ihre Mutter hörte sich am Telefon ziemlich gestresst an.
„Natürlich darfst du bei Belinda übernachten. Sag Mrs Hayes, dass wir ein Auge auf euch haben."
„Danke, Mom." Holly freute sich schon darauf, ein paar Tage nur mit ihren Mystery-Club-Freundinnen zu verbringen.
In der Küche erzählte Mrs Hayes ihrer Tochter gerade, dass

am Vormittag eine Lieferung Heu für Milton gekommen war.
„Der Mann war neu“, berichtete sie. „Ich habe ihm gezeigt, wo er die Ballen aufstapeln soll, und ihn dann seine Arbeit machen lassen.“
„Meine Mutter hat es erlaubt“, sagte Holly, als sie wieder in die Küche kam.
Belindas Augen leuchteten auf. „Das ist super, Holly.“ Sie sah ihre Mutter fragend an. „Mom, dürfen wir eine Party veranstalten, während du weg bist?“ Sie bestrich eine dicke Brotscheibe großzügig mit Butter.
„Was denn für eine Party?“, fragte Mrs Hayes misstrauisch.
Belinda zuckte mit den Achseln. „Ach, ich weiß es noch nicht. Vielleicht ein Kostümfest oder so etwas. Wir machen auch keine Unordnung, nicht wahr, Holly?“
„Nein, natürlich nicht“, versicherte Holly Mrs Hayes. „Es wäre toll, wenn Sie es erlauben würden. Wir räumen auch hinterher alles wieder auf, das verspreche ich Ihnen.“
„Na, meinetwegen. Aber nur ein paar nette Freunde, hörst du, Belinda?“, mahnte Mrs Hayes. „Ich gebe dir die Nummer von meinem Partyservice.“
Belinda verzog das Gesicht. „Ich kann mir nicht vorstellen, dass meine Freunde an diesen kleinen Häppchen mit Räucherlachs knabbern, die du immer für deine Partys bestellst.“
Ihre Mutter warf ihr einen überraschten Blick zu. „Was wolltest du deinen Gästen denn anbieten? Etwa diese grässlichen, kalorienhaltigen Sahneeisbecher?“
Belinda leckte sich die Lippen. „Keine schlechte Idee.“ Ihre

Augen leuchteten. „Wir könnten eine Hamburger-und-Eiscreme-Party veranstalten!“
Mrs Hayes seufzte und verdrehte dabei die Augen. „Ich bin sicher, der Partyservice wird liefern, was immer du bestellst. Ob es nun Junkfood oder *haute cuisine* ist.“
Belinda musste lachen und umarmte ihre Mutter. „Danke, Mom. Ich bin sicher, wir werden uns bestens amüsieren.“
Mrs Hayes befreite sich aus der Umarmung und strich über ihre Frisur. „Ich verstehe dich nicht, Belinda. Immer, wenn ich eine Party gebe, geht bei dir das große Jammern los.“
„Das liegt daran, dass du mich immer zwingst, eines der grässlichen Kleider anzuziehen, die du mir ständig kaufst.“
Mrs Hayes warf ihrer Tochter einen viel sagenden Blick zu und seufzte dann tief.

Holly und Belinda gingen früher als verabredet zu ihrem Treffen in die Eisdiele, denn sie wussten, dass Tracy bereits auf dem Weg dorthin war. Als Mrs Hayes bei ihrer Mutter angerufen hatte, um zu fragen, ob Tracy auch bei Belinda übernachten dürfe, war Tracy schon unterwegs gewesen. Mrs Foster leitete einen Kindergarten und Tracy hatte ihr bereits den ganzen Vormittag über geholfen.
„Wahrscheinlich ist sie total erschöpft, nachdem sie mit den Kindern gespielt hat“, sagte Holly und beobachtete durch das Fenster der Eisdiele den Verkehr auf der Straße.
„Tracy ist *niemals* erschöpft“, widersprach Belinda. „Aber mich macht es fertig, sie ständig herumrasen zu sehen wie eine Katze auf einem heißen Blechdach.“

Holly grinste. „Sie hat mit Sicherheit genug Energie für zwei."
Belinda saugte den Rest ihrer Cola durch den Strohhalm und lehnte sich zurück. „Das stimmt. Hoffentlich kommt sie bald. Ich verhungere, wenn ich nicht sofort einen Eisbecher bekomme!"
Holly sah auf ihre Uhr und entdeckte dann Tracy, die gerade die Straße entlangkam. In ihrem neuen rosa-weiß gestreiften Sportanzug sah sie adrett aus wie immer.
Erst nachdem die drei genüsslich ihr Eis gelöffelt hatten, erzählten sie Tracy, was sich am Vormittag in der Reitschule ereignet hatte.
Tracy lauschte gebannt und runzelte nachdenklich die Stirn. „Und Melanie sagt, er hätte schon öfter solche merkwürdigen Anrufe bekommen? Das klingt ziemlich geheimnisvoll."
„Das finde ich auch", bestätigte Holly und leckte den letzten Rest Schokoladeneis von ihrem Löffel.
Tracy schüttelte heftig den Kopf. „Irgendwas stimmt nicht. Es klingt, als wäre der Typ ein netter Kerl, der sich lieb um das kleine Mädchen gekümmert hat." Sie hatte immer noch nicht ihren amerikanischen Akzent verloren, obwohl sie schon vor einigen Jahren von Kalifornien nach Willow Dale gezogen war. Tracys Mutter war Engländerin und hatte nach ihrer Scheidung beschlossen, wieder in ihr Heimatland zurückzukehren.
„Er ist ja auch sehr nett", sagte Belinda, rettete ein Nussstückchen von ihrem Ärmel und warf es sich in den Mund. „Irgendwie habe ich immer noch Hunger. Ich hole mir noch ein Eis. Wollt ihr auch noch eins?"

„Nein, vielen Dank“, wehrte Holly ab.
Tracy grinste. „Sag mal, Belinda, ist dein Magen denn nie voll?“
„Nie!“ Belinda ging zum Tresen, um einen weiteren Eisbecher zu bestellen. Als sie wiederkam, balancierte sie eine Riesenportion Eis mit Sahne, Nüssen und Schokoladensoße vor sich her. Sie setzte sich hin und löffelte es gierig.
„Wenn wir herausfinden würden, wer Grant ständig anruft und warum“, bemerkte Holly nachdenklich, „könnten wir ihm vielleicht irgendwie helfen. Schließlich fangen in der nächsten Woche die Ferien an und ohne neuen Fall werden wir uns schrecklich langweilen.“
„Das glaubst aber auch nur du“, widersprach Belinda. „Ich muss für das Springturnier trainieren. Ich habe im Moment einfach keine Zeit für deine kriminalistischen Spekulationen.“
Holly kicherte. „Dann werden Tracy und ich eben die Nachforschungen anstellen, während du dein geliebtes Pferd trainierst.“
Belinda schluckte einen Mund voll Eis herunter. „Wohl kaum. Wenn ihr irgendwelche amüsanten Ausflüge macht, will ich dabei sein. Das Springtraining muss ich dann eben dazwischenquetschen.“
„Musst du denn überhaupt noch trainieren?“, fragte Tracy frech. „Ich dachte immer, Milton wäre ohnehin schon das beste Pferd der Welt.“
Belinda grinste. „Das ist er auch, aber das Turnier bietet mir eine gute Ausrede dafür, ihn noch öfter zu reiten als sonst.“ Sie seufzte. „Oh Mann, werde ich viel zu tun haben ... die

Party, das Turnier und noch dazu ein neuer Fall. Ich werde mindestens eine Woche brauchen, um mich von all dem Stress zu erholen!"

Als Holly wieder nach Hause kam, war ihre Mutter gerade mit dem Tapezieren der ersten Wand fertig.
„Das sieht wirklich toll aus, Mom." Holly stand in der Tür und betrachtete ihre Mutter.
Jamie war damit beschäftigt, kleine Tapetenfetzen loszureißen, die an den Sohlen seiner Turnschuhe klebten. „Ich habe dabei geholfen", behauptete er stolz.
„Das kann ich mir denken", sagte Holly grinsend. Sie hatte Jamie schon öfter beim Helfen erlebt. Das bedeutete meistens, dass er einem im Weg herumstand.
„Ich habe dir wirklich geholfen, nicht wahr, Mom?", fragte er gekränkt.
„Ja, Jamie, vor allem, als es darum ging, wer mehr Kleister abbekommt – du oder die Tapete." Mrs Adams seufzte und lächelte. „Setz bitte Teewasser auf. Dein Vater ist heute Nachmittag noch nicht einmal aus seiner Werkstatt gekommen und hätte jetzt sicherlich gerne eine Tasse Tee."
„Wenn's sein muss", murmelte Jamie und verschwand in Richtung Küche.

„Mom?", sagte Holly später, als sie mit ihrer Mutter in der Küche saß. „Kennst du einen Grant D'Angelo?"
Durch ihre Stelle bei der Bank hatte Mrs Adams viele der

Einwohner von Willow Dale kennen gelernt. Sie nippte an ihrem Tee.
„Ich kenne eine Olivia D'Angelo. Sie ist eine Kundin von mir."
„Der Name ist ziemlich ungewöhnlich", bemerkte Holly. „Ich wette, sie ist Grants Mutter."
„Kennst du ihn?", fragte Mrs Adams.
Holly erzählte, wie sie ihn kennen gelernt hatte. „Es sieht aus, als hätte er irgendwelchen Ärger", fügte sie hinzu. „Wir haben uns nur gefragt, worum es dabei wohl geht, das ist alles."
Mrs Adams lehnte sich in ihrem Stuhl zurück. „Holly, fang bitte nicht wieder an, deine Nase in fremde Angelegenheiten zu stecken."
„Das tue ich doch gar nicht", protestierte Holly.
„Wetten doch?", war Jamie von der Tür zu vernehmen. „Das machen Belinda, Tracy und du doch pausenlos. Ihr schafft es doch nie, euch mal nur um eure Angelegenheiten zu kümmern."
Holly lachte ihren Bruder aus. „Aber du schaffst das? Verzieh dich vor den Fernseher, Jamie, oder tu sonst etwas."
Mrs Adams warf einen Blick auf ihre Uhr. „Hört auf zu streiten. Ich will mir jetzt die Nachrichten ansehen." Sie schaltete das tragbare Fernsehgerät in der Küche ein.
Es kamen Lokalnachrichten. Ein Reporter sprach mit einer jungen Frau mit kurzem, schwarzem Haar. Holly erkannte sie sofort.
„He, die Frau kenne ich! Was da wohl passiert ist?"
Es war Jenny Maylam, die Frau, die sie auf dem Weg zur

Reitschule getroffen hatte. Der Reporter unterhielt sich mit ihr vor dem Tor der Snowdrop Farm.
„Die Stute meiner Schwester ist am helllichten Tag gestohlen worden", empörte sich die Frau. „Ich habe einen kurzen Ausritt gemacht, und als ich wiederkam, war sie weg. Es ist nicht zu fassen! Ich nehme an, dass der Dieb die Farm beobachtet und abgewartet hat, bis niemand mehr da war."
„Handelt es sich um ein wertvolles Pferd?", fragte der Reporter.
Die junge Frau nickte. „Ja, sehr wertvoll. Wir haben noch einige andere Pferde hier, aber diese Stute war mit Abstand das wertvollste. Wer sie gestohlen hat, wusste, welches Pferd er nehmen musste!"
Der Reporter blickte in die Kamera. „Wenn jemand heute irgendetwas Verdächtiges in der Nähe der Snowdrop Farm beobachtet hat, bitten wir ihn dringend, sich unter der Nummer 26 54 32 mit der Polizei von Willow Dale in Verbindung zu setzen."
Holly sprang von ihrem Stuhl auf. Ihr schlug das Herz bis zum Hals. Sollte sie auf ihrer Radtour zufällig einen Pferdediebstahl beobachtet haben?
„Ich bin dort heute Morgen auf dem Weg zur Reitschule vorbeigefahren", rief sie aufgeregt. „Und dabei habe ich gesehen, wie ein Pferd in einen blauen Laster verladen wurde. Vielleicht war es das gestohlene Pferd!" Sie sauste aus der Küche.
„Wohin willst du?", rief ihre Mutter ihr nach.
„Ich muss Belinda und Tracy anrufen", sagte Holly. „Und danach die Polizei!"

„Konntest du den Fahrer sehen?“
Der Polizist beugte sich über den Tresen der Wachstube und sah die drei Mitglieder des Mystery Club durchdringend an. Belinda und Tracy hatten Holly zur Polizeiwache begleitet, um dabei zu sein, wenn sie ihre Aussage machte.
„Ja.“ Holly lächelte den Polizisten triumphierend an. „Er war ziemlich jung, hatte ein spitzes Gesicht und einen rötlichen Schnurrbart und trug eine Tweedmütze, die er sich tief in die Stirn gezogen hatte.“
Der Polizist war misstrauisch. „Wenn er die Mütze so heruntergezogen hatte, wie konntest du da sein Gesicht sehen?“
„Sie ist eine ausgezeichnete Beobachterin“, warf Tracy ein. „Sie hat aber auch viel Übung darin.“
Belinda lehnte sich gegen den Tresen und musterte den Polizisten.
„Also gut“, knurrte er schließlich und setzte sich vor seinen Computer. „Erzähl mir noch einmal alles der Reihe nach.“
„Ich war auf dem Weg zur Reitschule“, berichtete Holly. „Und dann sah ich, wie ein Pferd in einem blauen Viehtransporter von der Snowdrop Farm weggebracht wurde. Das habe ich Ihnen doch schon einmal gesagt.“
Das Klicken der Computertastatur erfüllte die Wachstube. Der Polizist schaute vom Bildschirm auf. „Hast du das Kennzeichen des Viehtransporters gesehen?“
„Nein … nicht direkt.“ Jetzt lächelte Holly nicht mehr und der Polizist wurde immer misstrauischer.
„Was heißt nicht direkt? Hast du es gesehen oder nicht?“
Tracy, die neben Holly stand, begann nervös mit dem Reißverschluss ihrer Sportjacke herumzuspielen.

„Ich habe nur gesehen, dass das Nummernschild des Lastwagens mit schwarzem Schlamm bedeckt war, das ist alles“, sagte Holly.
Der Polizist stützte das Kinn in die Hände. „Das bringt uns nicht viel weiter. Auf den Farmen fahren ständig Viehtransporter aus und ein und um diese Jahreszeit sind sie fast alle mit Schlamm bespritzt.“ Er drückte eine Taste und die Schrift verschwand vom Bildschirm. Ganz offensichtlich waren die drei Mädchen damit entlassen. „Aber trotzdem vielen Dank. Ich werde die Maylams, die Besitzer des Pferdes, informieren. Schade, dass du nicht besser aufgepasst hast.“
„Nicht besser aufgepasst!“, empörte sich Belinda. „Sie hat Ihnen doch den Fahrer beschrieben. Reicht das denn nicht?“ Sie nahm ihre Brille ab und polierte die Gläser am Ärmel ihres Sweatshirts. „Das ist mehr, als die meisten anderen Leute gesehen hätten.“
Der Polizist sah Belinda strafend an. „Die Beschreibung deiner Freundin passt auf ungefähr tausend Leute. Es wäre natürlich etwas anderes, wenn noch jemand diesen Laster gesehen hätte und ihre Angaben bestätigen könnte ...“
„Aber das hat jemand!“, fiel Holly plötzlich ein. „Grant D’Angelo – er hat ihn gesehen.“
„Wer?“ Jetzt wirkte der Polizist viel interessierter und holte sich die Akte erneut auf den Bildschirm.
„Grant D’Angelo“, wiederholte Holly. „Er arbeitet in der Reitschule. Er hat den Lastwagen gesehen *und* mit dem Fahrer gesprochen. Fragen Sie ihn.“
„Na, was habe ich gesagt?“, triumphierte Belinda.
Der Polizist schien echte Schwierigkeiten beim Eintippen von

Grants Nachnamen zu haben, doch schließlich sah er von seiner Tastatur auf. „Weißt du zufällig, wo dieser Grant D'Angelo wohnt?"
Holly schüttelte den Kopf. „Keine Ahnung."
„Aber ich weiß es", sagte Belinda plötzlich. Tracy hörte auf, an ihrem Reißverschluss herumzuspielen und sah Belinda überrascht an.
„Sehr gut", sagte der Polizist, und seine Finger schwebten schon über den Tasten. „Und wo?"
„Casa Blanca", sagte Belinda trocken.
Der Polizist tippte die Information ein. Dann sah er Belinda an. „Euer Zeuge wohnt also in Spanien?", fragte er sarkastisch.
Belinda stemmte eine Hand in die Hüfte. „Nein, in einem großen weißen Bungalow in der Nähe des Flusses, der Casa Blanca heißt." Von sarkastischen Bemerkungen hatte sie sich noch nie einschüchtern lassen.
„Ach so." Der Polizist tippte wieder. „Wir werden uns mit Mr D'Angelo in Verbindung setzen. Vielen Dank für eure Hilfe." Er lächelte Holly an. „Wahrscheinlich wird sich sehr schnell herausstellen, dass der Viehtransporter zur Farm gehört, aber wir werden es auf jeden Fall überprüfen. Aber nun geht, Mädchen. Ihr habt sicher Wichtigeres zu tun, als Pferdediebe zu jagen."
„Eigentlich nicht", bemerkte Holly.
Der Polizist hielt das für einen Scherz. „Wie dem auch sei", meinte er. „Aber nun ab mit euch."
Mittlerweile hatte ein Mann mit einem kläffenden Hund die Polizeiwache betreten.

„Was kann ich für Sie tun?“, fragte ihn der Polizist und ignorierte die drei Mädchen. Sie verließen die Polizeiwache.
„Frechheit!“, empörte sich Holly. „Nun ab mit euch! Man sollte meinen, wir wären kleine Kinder!“
„Ärgere dich nicht darüber“, riet Tracy. „Wenn er erst mit Grant gesprochen hat, wird er schon merken, dass wir Recht hatten.“
Die drei schlenderten zur Bushaltestelle.
„Woher wusstest du eigentlich, wo Grant wohnt?“, fragte Holly Belinda. „Du hast uns gar nichts davon erzählt.“
„Tut mir Leid“, sagte Belinda. „Ich wollte es gerade tun, aber ihr seid in solchem Tempo zur Polizei gerast, dass ich keine Gelegenheit dazu hatte. Ich weiß es von meiner Mutter. Sie ist besser als ein Telefonbuch – und sie kennt stets den neuesten Klatsch. Ich sagte ihr, dass ich Grant getroffen hätte, und sie hat mir sofort erzählt, dass er und seine Familie vor kurzem in diesen Bungalow gezogen sind.“
Als sie die Bushaltestelle erreicht hatten, zog Holly das rote Mystery-Club-Notizbuch aus der Tasche.
„Setzen wir uns kurz hin. Ich möchte alles aufschreiben.“
Sie notierte die Beschreibung des Lasters und seines Fahrers sowie Grants Namen und Adresse. „Weiß deine Mutter auch Genaueres über Grants Familie?“, fragte sie anschließend.
Belinda schüttelte nachdenklich den Kopf. „Ich hatte nicht den Eindruck.“
„Das wundert mich“, stellte Tracy grinsend fest.
„Mich auch“, fügte Belinda trocken hinzu. „Sie sagte nur, dass die D’Angelos sehr zurückgezogen leben – was meine Mutter fast als persönliche Beleidigung aufzufassen schien.“

In diesem Augenblick kam der Bus. Die drei stiegen ein und bezahlten ihre Fahrkarten.
Tracy musste als Erste aussteigen. „Wir sehen uns morgen. Ich freue mich schon darauf, bei dir zu übernachten, Belinda. Das wird bestimmt klasse!"
„Darauf kannst du wetten!", verkündete Belinda strahlend.
„Ich bringe meine Sachen gleich morgen Früh zu dir." Tracy sprang schnell die Stufen hinunter und rannte in Richtung ihres Hauses davon.
Holly hatte sich das Notizbuch aufs Knie gelegt und versuchte, noch etwas aufzuschreiben.
Belinda sah ihr über die Schulter. „Was schreibst du?"
Holly nagte gedankenverloren an ihrem Stift herum. „Nur den Namen der Frau, der das Pferd gehört. Der Gedanke, dass es vielleicht direkt vor meiner Nase gestohlen wurde, ohne dass es mir auch nur im Geringsten verdächtig vorkam, macht mich wahnsinnig. Weißt du was? Ich finde, wir sollten Grant selbst nach dem Lastwagen fragen."
„Gute Idee", sagte Belinda. „Er hat mich ohnehin eingeladen, ihn irgendwann zu besuchen und mir seine Pferde anzusehen. Er hat erzählt, dass er seine eigenen Ställe zu Hause hat. Das wäre doch eine gute Ausrede für einen Besuch."
„Gut, dann gehen wir gleich morgen Früh zu ihm. Ich bringe meine Sachen zu dir, und dann brechen wir auf. Einverstanden?"
Belinda nickte. „Ich rufe Tracy an und sage ihr, dass sie früh kommen soll." Sie rieb sich die Hände. „Ich kann es kaum erwarten."

Kapitel 3

Eine interessante Entdeckung

Am nächsten Morgen kämpfte sich Belinda schon früh aus dem Bett. Sie hatte versprochen, ihre Mutter zum Bahnhof zu begleiten, die erst mit dem Frühzug nach London und von dort direkt weiter nach Paris fahren wollte.
Belinda hatte eine Liste mit den Freunden aufgestellt, die sie zu ihrer Party einladen wollte, und dann versucht, sie alle der Reihe nach anzurufen. Doch immer, wenn sie gerade den Telefonhörer in die Hand nehmen wollte, war jemand in der Leitung, der dringend ihre Mutter oder ihren Vater sprechen wollte. Das war eben der Nachteil, wenn sich eine Mutter in mehreren Wohltätigkeitsorganisationen engagierte und ein Vater ein erfolgreicher Geschäftsmann war: Nie konnte man in Ruhe telefonieren.
Schließlich gelang es Belinda doch, alle Freunde, die auf ihrer Liste standen, zu erreichen. Nur zwei mussten absagen. Danach schleppte sie alle Flohmarktsachen aus der Garage in ein leer stehendes Zimmer im Obergeschoss.

„Ich möchte nicht, dass die Nachbarn das ganze Gerümpel sehen“, hatte Mrs Hayes vor ihrer Abreise gesagt. „Sie müssen ja glauben, wir eröffnen einen Ramschladen.“

Als Belinda endlich den letzten von etwa einem Dutzend Müllsäcken nach oben gebracht hatte, war sie erschöpft. Sie hatte sich gerade ein paar Bananensandwiches gemacht, um ihre Lebensgeister wieder zu erwecken, als Holly und Tracy eintrafen.

„Willst du hier einziehen?“, rief Belinda aus, als Tracy ihre Kamera, drei Sporttaschen, ein Schminkköfferchen und ihren Geigenkasten in der Eingangshalle ablud.

„Schön wär's!“, sagte Tracy und ihre blauen Augen funkelten. „Aber das ist nur mein Sportzeug: drei Trainingsanzüge, zwei Paar ...“

Belinda verdrehte die Augen. „Erspar mir die Einzelheiten. Iss lieber ein Bananensandwich.“

Holly stellte ihre Tasche ab und folgte den beiden in die Küche. Belinda stapelte die Brote auf einen Teller. „Kommt, wir bringen eure Sachen nach oben und ich zeige euch eure Zimmer. Die Brote nehmen wir mit.“

„Stellt euch nur vor“, sagte Holly und ging voraus. „Ein paar Tage ohne Jamie. Ich kann es kaum fassen!“

„Gib es zu: Er wird dir fehlen“, stichelte Belinda.

„Ja“, sagte Holly, „wie ein Loch im Kopf!“

Belinda stieß die Tür zu einem der Gästezimmer auf. „Ihr Zimmer, Madame“, sagte sie zu Tracy.

Tracy schnappte nach Luft. Es war das vornehmste Gästezimmer, das sie je gesehen hatte. Dicker blauer Teppichboden, hellgelbe Seidenbettwäsche und farblich dazu passende

Vorhänge vor den Fenstern. „Wahnsinn! Ist das für mich allein?" Sie ging durchs Zimmer und öffnete die Tür zum angrenzenden Badezimmer.
„Alles deins", bestätigte Belinda grinsend. „Und ich weiß, dass du es sauber halten wirst – was man von meinem Zimmer nicht gerade sagen kann!"
Belinda führte Holly zu einem anderen Gästezimmer, das ebenso groß und luxuriös war wie das von Tracy. Während Holly ihre Sachen auspackte, saß Belinda auf dem antiken Messingbett und verschlang ein Bananensandwich.
„Ich habe Pläne für die Party gemacht", berichtete sie. „Ein paar Freunde und Unmengen von Essen, einverstanden?"
„Einverstanden", sagte Holly schmunzelnd.
„Ich habe den Partyservice und alle Leute auf meiner Liste angerufen. Nur zwei von ihnen können nicht kommen."
„Du bist ja ein richtiges Organisationstalent", stellte Holly überrascht fest. Normalerweise hielt Belinda nicht viel vom Planen. Lieber nahm sie die Dinge so, wie sie kamen.
Belinda hob die Brauen. „Ich habe mich auch schon gewundert, was wohl in mich gefahren ist", alberte sie. „Es muss an deinem guten Einfluss liegen."
„Ich finde, wenn wir schon eine Party geben, sollten wir auch etwas feiern", sagte Holly.
„Vielleicht einen Geburtstag?", schlug Tracy vor, die gerade ins Zimmer kam. Sie nahm sich ein Sandwich und setzte sich an das Fenster, von dem aus man den ganzen Garten überblicken konnte.
„Gute Idee", sagte Holly. „Das Problem ist nur, dass keine von uns Geburtstag hat."

Belinda schaute nachdenklich drein. Plötzlich grinste sie. „Was ist mit Milton? Er hat noch nie richtig Geburtstag gefeiert."
„Eine Geburtstagsfeier für ein Pferd?" Tracy verdrehte die Augen. „Also gut, Belinda. Wenn du unbedingt willst."
„Damit wäre das entschieden", stellte Holly fest. „Wen hast du alles eingeladen?"
Belinda zählte die Gäste auf.
„Wenn es ein Kostümfest werden soll", sagte Holly, „müssen wir uns überlegen, was wir anziehen wollen."
„Ich habe gerade einen Riesenberg alte Kleider und anderes Zeug weggeräumt", sagte Belinda. „Vielleicht ist etwas Passendes für uns dabei."
„Tolle Idee!", rief Tracy und sprang auf. „Kommt, wir sehen sofort nach!"
Die Kostümfrage war schnell gelöst. Belinda würde sich als Vogelscheuche verkleiden, Tracy als erfolgreiche Spitzensportlerin, und Holly würde als berühmte Romandetektivin auf das Fest gehen.
„Dieses alte Jackett ist das Richtige für dich, Holly", sagte Belinda und hielt ein Herrenjackett aus Tweed hoch. „Probier es mal an."
Holly schlüpfte in die Jacke und drehte sich einmal um sich selbst. „Es ist ein bisschen zu groß."
„Ein bisschen?" Belinda brüllte vor Lachen, während Holly sich im Spiegel betrachtete und dabei ein albernes Gesicht machte.
„Wenn du die Ärmel umkrempelst, ist es echt perfekt", sagte Tracy. Sie hatte einen alten Rock und einen Hut gefunden.

„Und wenn du das dazu trägst, werden alle glauben, dass du wirklich Miss Marple bist."
Holly streifte den Rock über ihre Jeans und stülpte sich den alten Filzhut auf den Kopf. Sie betrachtete ihr Kostüm im Spiegel, ohne auf das Gekicher ihrer Freundinnen zu achten. Sie steckte die Hände in die Taschen des Jacketts. Zu ihrer Überraschung ertastete sie in einer der Taschen einen dicken Packen Papier und zog ihn heraus.
„He, seht euch das an." Sie faltete die Papiere auseinander. „Es sind Wettscheine. Ratet doch mal, wessen Unterschrift sie tragen."
„Die von unserem Superman?", fragte Belinda, die immer noch grinste. „Die Jacke sieht aus, als hätte sie jemandem gehört, der ungefähr seine Größe hat."
„Sei doch nicht albern. Es ist Grant D'Angelos Unterschrift. Das Jackett muss ihm gehört haben."
In der Tasche steckte über ein Dutzend alter Wettscheine, und bei jedem hatte der Einsatz zehn Pfund betragen.
„Das ist ein Haufen Geld", bemerkte Tracy.
Holly runzelte nachdenklich die Stirn. „Darf man die Wettscheine behalten, wenn man gewonnen hat?"
„Keine Ahnung", sagte Belinda. „Warum fragst du?"
„Ach, das war nur ein Gedanke. Wenn Grant das ganze Geld auf der Rennbahn verloren hat, ist es doch kein Wunder, dass er so gereizt ist."
„Ist das so wichtig?", fragte Belinda und gähnte.
Holly zuckte mit den Schultern. „Ich bin nur neugierig, das ist alles." Sie sah immer noch nachdenklich drein. „Wenn Grant beim Pferderennen so viel Geld verspielt hat, möchte

ich wetten, dass er jemandem eine größere Summe schuldet."

„Was meinst du mit *jemandem?*", fragte Tracy verständnislos.

„Einem Buchmacher." Holly schwenkte die Wettscheine vor Tracy hin und her. „Diesem Buchmacher."

Belinda richtete sich plötzlich auf. „Die Anrufe!"

„Genau", sagte Holly.

„Wenn wir Grant ohnehin besuchen wollen, können wir ihn doch danach fragen", schlug Tracy vor.

„Er wird uns wahrscheinlich nahe legen, uns um unsere eigenen Angelegenheiten zu kümmern", warnte Belinda.

Holly seufzte. „Das fürchte ich auch. Aber ich will ihn auf jeden Fall nach dem blauen Viehtransporter fragen. He – was haltet ihr davon, wenn wir Grant zu unserer Party einladen?"

„Genial!", sagte Belinda. „Dann kann ich mich den ganzen Abend mit ihm über Pferde unterhalten."

„Das ist wieder einmal typisch", stellte Tracy grinsend fest. „Wir machen die ganze Arbeit und du amüsierst dich."

„Blödsinn", widersprach Belinda. „Der Partyservice macht doch alles. Wir können uns alle drei richtig amüsieren." Sie lächelte. „Vielleicht werde ich sogar tanzen – aber nur, wenn ich die Energie dazu aufbringe."

Holly und Tracy lachten.

„Den Tag möchte ich erleben", stichelte Tracy.

„Du weißt doch, wo Grants Haus ist, oder?", fragte Holly. „Wir wollen schließlich nicht den ganzen Tag damit verbringen, danach zu suchen."

„Meine Mutter sagt, es liegt unten am Fluss. Ich bin sicher, wir werden es schnell finden“, beruhigte Belinda sie.

Bevor sie aufbrachen, brachte Belinda Milton auf die Weide. Holly hielt Belindas Fahrrad, während Belinda das Koppeltor aufschloss und ihr Pferd hindurchführte.

„Das Halfter ist hübsch“, stellte Holly fest. Der Fuchswallach trug ein rotes Halfter, auf dessen Nasenriemen mit Messingknöpfen der Name Milton eingearbeitet war.

„Tante Susie hat es für ihn anfertigen lassen“, sagte Belinda und versetzte ihrem Milton einen liebevollen Klaps auf die Kruppe. „Ab mit dir, Riesenbaby!“ Sie sah ihm nach, als er fröhlich bockend davonstürmte. Sein Fell glänzte in der Sonne. Belinda seufzte verträumt und aus ihren Augen sprach tiefe Liebe. „Ist er nicht wunderschön?“

„Wunderschön!“, riefen ihre beiden Freundinnen im Chor, verdrehten die Augen und lachten.

„Los, Belinda, nun hör schon auf, dein Pferd ständig anzuhimmeln“, sagte Tracy. „Es wird Zeit, mit unseren Nachforschungen zu beginnen.“

Grants Haus war weiter entfernt, als sie gedacht hatten. Die drei mussten erst die ganze Stadt durchqueren. Sie wählten die Abkürzung durch das alte Industriegebiet und fuhren dann am Flussufer an den neuen Mehrfamilienhäusern vorbei, vor deren Fenstern bunt bepflanzte Blumenkästen standen. Wie gewöhnlich fuhr Tracy voraus. Ihre sonnengebräunten Beine in den weißen Radlerhosen bewegten sich auf und ab wie die Kolben einer Maschine.

„Muss sie immer überallhin *rasen?*“, beschwerte sich Belinda, die mit ihrem geliebten alten Sweatshirt und den Jeans viel zu warm angezogen war.

„Du kennst sie doch“, erwiderte Holly lachend. „Für Tracy ist das ganze Leben ein einziger Wettkampf. He“, rief sie, „warte doch auf uns, Tracy. Das hier ist nicht die *Tour de France!*“

Nach einigem Suchen entdeckten sie schließlich den Bungalow auf einem großen Grundstück am Flussufer. Tracy wartete vor dem Tor auf die Freundinnen.

„Tut mir Leid“, sagte sie, als die beiden ankamen. Obwohl sie ein solches Tempo vorgelegt hatte, sah sie immer noch fit und ausgeruht aus.

Das schmiedeeiserne Tor der Casa Blanca wurde von zwei weißen Säulen flankiert, auf denen je ein steinerner Granatapfel ruhte.

Jenseits der Zufahrt konnten die Mädchen einen großen Bungalow mit Stuckverzierungen und Fensterrahmen aus edlem Holz erkennen.

Holly ging zur Tür, um zu klingeln.

„Es sieht wirklich aus wie eine spanische Villa“, stellte Tracy fest und bewunderte die massive, mit Schnitzereien verzierte Eingangstür. „Ich wüsste zu gern, wie es drinnen aussieht.“ Sie beugte sich vor und spähte durch eines der Fenster ins Innere des Hauses.

Zu ihrer Überraschung stand Grant plötzlich hinter ihr. „Warum gehen wir nicht hinein? Dann kannst du es herausfinden.“

„Oh!“ Tracy wurde rot.

„Das ist unsere Freundin Tracy", sagte Belinda lachend. „Sie tritt grundsätzlich in jedes Fettnäpfchen!"
Grant trug ein schwarzes T-Shirt und eine helle Hose. „Seid ihr gekommen, um Beauty zu besuchen?"
Die drei Mädchen sahen ihn verständnislos an. „Beauty?"
Grant musste lachen. „Ja, mein Springpferd."
Belindas Augen strahlten. „Au ja! Kommt ihr mit?" Holly und Tracy zögerten.
„Ich habe das Gefühl, die beiden würden sich lieber das Haus ansehen", sagte Grant. „Kommt mit. Ich stelle euch meiner Mutter vor und sie kann euch herumführen."
„Ja, gern", sagte Tracy.
Grant stieß die Haustür auf. Die Eingangshalle war riesig. Der Fußboden war mit Parkett ausgelegt und in einer Ecke befand sich ein großer, spanischer Kamin. Auf dem Boden lagen bunte Brücken und zahlreiche Türen führten in die verschiedenen Zimmer. Auf dem Tisch in der Mitte des Raumes stand eine große Vase mit pinkfarbenen Rosen. Holly war von der Größe des Raumes so überwältigt, dass sie beinahe vergessen hatte, weswegen sie eigentlich gekommen waren.
„Ach, Grant", begann sie, nachdem sie ihre Fassung wiedergefunden hatte. „Wir wollten dich fragen …"
In diesem Augenblick kam eine Frau in einem Rollstuhl in die Halle gefahren. Sie schien überrascht, als sie die drei Mädchen neben Grant stehen sah.
„Ich wusste ja gar nicht, dass wir Gäste haben. Ich war gerade im Wintergarten und habe meine ganzen Pflanzen gegossen."

Grant stellte sie einander vor. „Das ist meine Mutter Olivia." Die Mädchen gaben ihr die Hand.
„Ich freue mich, euch kennen zu lernen", sagte Olivia D'Angelo liebenswürdig. „Ich sehe es immer gern, wenn Grants Freunde zu Besuch kommen."
„Belinda, wusstest du, dass meine Mutter an den Olympischen Reiterspielen teilgenommen hat?", fragte Grant stolz.
Belinda machte große Augen. „Ehrlich? Nein, das wusste ich nicht. Das ist ja toll, Mrs D'Angelo!" Sie hatte keine Ahnung gehabt, dass in Willow Dale eine ehemalige Olympiateilnehmerin wohnte. Ihre Mutter würde staunen, wenn sie ihr das erzählte!
Grants Mutter lächelte. Ihr schulterlanges, volles Haar hatte dieselbe Farbe wie das ihres Sohnes und ihre Augen waren dunkelbraun. Sie streckte in einer Geste des Bedauerns ihre langen schlanken Hände aus.
„Das ist schon sehr lange her." Sie zuckte mit den schmalen Schultern. „Dann hatte ich einen schlimmen Unfall und seitdem ist es mit dem Reiten vorbei."
„Einen Reitunfall?", fragte Belinda.
Mrs D'Angelo schüttelte den Kopf. „Nein. Ich war mit meiner einmotorigen Maschine auf dem Rückflug von einem Reitertreffen in Frankreich. Über dem Ärmelkanal geriet ich in einen Sturm und das Flugzeug stürzte ab." Sie schaute zu Grant auf und hielt ihm eine Hand entgegen. Er ergriff sie. „Zum Glück hatte ich meinen Sohn in der Obhut seines Kindermädchens zurückgelassen, denn andernfalls wäre er vielleicht ebenfalls verletzt oder sogar getötet worden."
Grant beugte sich vor und legte seiner Mutter einen Arm um

die Schultern. „So leicht wirst du mich nicht los“, scherzte er liebevoll. Von seinem Wutanfall gestern war ihm heute nicht mehr das Geringste anzumerken.
„Immer muss er Witze machen“, sagte Mrs D’Angelo und tätschelte ihrem Sohn die Hand. „Aber nun zeig doch deinen Freundinnen Beauty, und dann kannst du ihnen erzählen, dass du eines Tages ebenfalls an den Olympischen Spielen teilnehmen wirst.“
Das war Grant anscheinend peinlich, denn er wurde rot. „Äh, ja. Ist gut.“
„Gehörst du schon zur Olympiamannschaft?“, fragte Holly ehrfürchtig.
Grant grinste verlegen. „Nein, aber meine Mutter gibt die Hoffnung nicht auf.“
„Es ist mehr als nur eine Hoffnung“, sagte Mrs D’Angelo. „Es ist mein sehnlichster Wunsch, dass Grant irgendwann einmal in meine Fußstapfen tritt.“
Grant sah zu Boden. Tracy spürte seine Verlegenheit. „Mrs D’Angelo, wenn es Ihnen recht ist, würde ich mir gern Ihr traumhaftes Haus ansehen.“
„Au ja, ich auch“, bat Holly.
„Die beiden interessieren sich nicht für Pferde“, erklärte Belinda. „Ich bin hier die Einzige mit ein bisschen Verstand.“
Mrs D’Angelo lächelte. „Dann gehst du jetzt in den Stall und ich zeige deinen Freundinnen inzwischen das Haus. Fran müsste bald zurück sein. Sie kann uns einen Kaffee kochen.“
„Ich frage mich, wer Fran wohl ist“, flüsterte Holly, nachdem Mrs D’Angelo mit ihrem Rollstuhl vorausgefahren war.

„Keine Ahnung“, wisperte Tracy. „Vielleicht die Haushälterin.“
„Vergiss nicht, Grant von der Party zu erzählen!“, rief Holly Belinda nach, die Grant nach draußen folgte.
Mrs D’Angelo führte Holly und Tracy in einen Raum voller Regale, auf denen ledergebundene Bücher standen. Die Sonne schien durch den Wintergarten auf eine Vitrine mit bunten Puppen in verschiedenen Nationaltrachten.
„Die haben Grants Vater und ich auf der ganzen Welt gesammelt“, sagte Mrs D’Angelo, als ihr auffiel, wie Holly die Puppen bestaunte. „Er war Diplomat, deshalb sind wir viel gereist.“ In ihrer Stimme schwang Trauer mit. „Er verstarb vor einiger Zeit, und ich vermisse ihn sehr, aber Grant ist ein wundervoller Sohn und mir ein großer Trost.“
Holly schlenderte herum und las einige der Buchtitel. Die meisten Bücher schienen in irgendeiner Form von Pferden zu handeln – Pferdezucht, Turnierreiten, Rennsport und ähnliche Themen.
Tracy war in den Wintergarten gegangen. Überall standen exotische und wundervoll duftende Orchideen. „Sie erinnern mich an einige Arten, die in Kalifornien wild wachsen“, sagte sie zu Holly und Mrs D’Angelo, denn sie nahm an, dass die beiden ihr hierher gefolgt waren.
In der Bibliothek hörte Holly Tracys Bemerkung und drehte sich um, um ihr zu antworten. Zu ihrer Überraschung war Tracy jedoch gar nicht mehr im Zimmer. Wie merkwürdig, dachte sie. Es hatte sich angehört, als wäre Tracy genau hinter ihr.
Mrs D’Angelo lächelte über Hollys Erstaunen und ihre Au-

gen funkelten belustigt. „Sieh dir das an, Holly.“ Sie steuerte ihren Rollstuhl zu einer kleinen Öffnung hoch oben in der Wand zum Wintergarten. Sie war merkwürdig geformt und sah aus wie ein Trichter, der am Ende spitz zulief. „Das wirkt wie ein Mikrofon. Wenn im Wintergarten jemand spricht, hört es sich an, als wäre er hier im Raum. Wir vermuten, dass der Vorbesitzer es einbauen ließ, auch wenn wir keine Ahnung haben zu welchem Zweck. Auf jeden Fall ist es ein guter Scherz für jede Party.“

„Ja“, sagte Holly, „das glaube ich gern.“

„Komm“, sagte Mrs D'Angelo, „ich zeige dir jetzt das Wohnzimmer.“

Durchs Fenster konnte Holly Belinda und Grant sehen, die vor einem riesigen schwarzen Pferd standen. Belinda umarmte den Hals des Tieres ohne die geringste Furcht. Auf der angrenzenden Weide standen zahlreiche leuchtend bunte Hindernisse.

„Grant trainiert Beauty jeden Tag“, sagte Mrs D'Angelo, die gesehen hatte, wie Holly den Springplatz betrachtete. „Er hat schon unzählige Juniorenwettbewerbe gewonnen. Auch wenn er sich so bescheiden gibt, er ist ein ausgezeichneter Reiter. Ich bin sicher, dass man ihn im nächsten Jahr für die Olympiamannschaft nominieren wird.“

In diesem Moment läutete in der Halle die Türglocke.

„Entschuldigt mich“, sagte Mrs D'Angelo. Sie ließ Holly und Tracy zurück und fuhr hinaus.

„Ein tolles Haus!“, flüsterte Tracy überwältigt. „Allein in der Eingangshalle hätte unsere kleine Hütte locker Platz!“

Holly lächelte. „Ja, es ist wirklich etwas Besonderes.“

Einen Moment später kam Mrs D'Angelo wieder. Sie sah besorgt aus und ihr Gesicht war blass. „Es ist die Polizei. Sie will mit Grant sprechen. Würde eine von euch bitte hinausgehen und ihn holen?"

Tracy bot sich an. „Natürlich, Mrs D'Angelo, gern." Sie warf Holly einen bedeutsamen Blick zu und sauste aus dem Zimmer. Sie rannte zum Pferdestall.

Als sie Grant die Neuigkeit berichtete, runzelte er die Stirn.

„Die Polizei? Was um alles in der Welt will sie von mir?"

„Ich weiß es nicht, aber du solltest dich lieber beeilen. Deine Mutter sieht ziemlich besorgt aus." Ohne ein weiteres Wort hastete Grant zum Haus hinüber.

„Hast du ihn schon gefragt?", wollte Tracy von Belinda wissen.

„Gefragt? Was denn?", fragte Belinda verständnislos.

Tracy verdrehte die Augen. „Nach dem Kerl im blauen Viehtransporter, Dummkopf!"

Belinda strich sich eine Haarsträhne aus dem Gesicht. „Wir haben nur über Pferde geredet. Aber ich wäre schon irgendwann darauf zu sprechen gekommen."

„Ich möchte fast annehmen, dass du die Wettscheine auch noch nicht erwähnt hast."

Belinda nagte auf ihrer Unterlippe. „Nein, tut mir Leid. Aber zumindest habe ich ihn zu unserer Party eingeladen, und er hat zugesagt."

„Sehr gut!", lobte Tracy. „Vielleicht gelingt es dir ja dort, ein paar Fragen zu den Wettscheinen und diesen Telefonanrufen in eure so wichtige Unterhaltung über Pferde einfließen zu lassen."

Belinda kratzte sich die Nase. „Ich werde mein Bestes tun."

Grant hatte den Polizeibeamten in den Wintergarten geführt. Im Vorbeigehen hatte er Holly und seine Mutter kaum eines Blickes gewürdigt und die Tür zum Wintergarten hinter sich und dem Polizisten mit energischem Druck geschlossen.

Mrs D'Angelo sah auf ihre Uhr und runzelte verärgert die Brauen. „Ich weiß wirklich nicht, wo Fran schon wieder steckt. Ich glaube, ich koche den Kaffee lieber selbst."

„Das kann ich doch machen", bot Holly an.

Die Frau schüttelte den Kopf. „Nein, du setzt dich hin und machst es dir bequem. Ich bin sicher, dass Grant gleich bei dir ist. Ich kann mir nicht vorstellen, was die Polizei von ihm will."

Durch das Fenster der Bibliothek sah Holly Tracy und Belinda aufs Haus zukommen. Plötzlich wurde sie auf Grants Stimme aufmerksam, die durch die Öffnung in der Wand deutlich zu hören war.

„Nein, tut mir Leid, ich habe keine Ahnung, wovon Sie sprechen."

„Sie sollen uns nur bestätigen, dass Sie gestern Morgen beobachtet haben, wie ein Lastwagen von der Snowdrop Farm wegfuhr." Der Polizist hörte sich an, als würde er allmählich die Geduld verlieren. „Wir haben einen Zeugen, der sagt, dass Sie angehalten haben, um mit dem Fahrer des …"

„Wer?", unterbrach ihn Grant. „Wer hat so etwas gesagt?"

„Tut mir Leid, Sir, diese Information darf ich Ihnen nicht geben. Wir haben uns auf der Farm erkundigt und der von unserem Zeugen beschriebene Lastwagen ist dort nicht bekannt. Und jetzt würden wir gern wissen, ob Sie den Fahrer kennen oder uns eine detaillierte Beschreibung von ihm geben können. Sie haben zweifellos von dem Diebstahl des wertvollen Pferdes gehört."

„Ja, natürlich. Jake Barratt, mein Chef, hat es mir erzählt. Aber so Leid es mir tut, ich habe wirklich keinen Lastwagen gesehen."

Holly glaubte, ihren Ohren nicht zu trauen. Was redete Grant da? Sie hatte doch gesehen, wie er angehalten und mit dem Fahrer gesprochen hatte. Aus dem Wintergarten hörte sie ein scharrendes Geräusch, als ob jemand hastig einen Stuhl zurückschieben würde.

„Es tut mir Leid", sagte Grant abweisend. „Ich habe im Moment viel zu tun. Ich werde Sie hinausbegleiten."

Zu Hollys Erleichterung führte Grant den Polizisten vom Wintergarten aus direkt ins Freie. Sie beobachtete, wie sich die beiden am Tor trennten. Grant ging zurück zum Stall, ohne sich auch nur ein einziges Mal umzusehen.

Tracy und Belinda kamen in die Bibliothek. Holly berichtete ihnen kurz, was vorgefallen war.

„Machst du Witze?", rief Tracy aus. „Soll das heißen, er hat den Polizisten angelogen?"

„Allerdings", sagte Holly. „Ich weiß, dass er den Mann in dem Transporter gesehen hat, aber er hat es rundweg abgestritten."

„Das ist aber komisch", bemerkte Tracy. „Warum sollte er lügen?"

„Keine Ahnung", sagte Holly.

Die drei Mitglieder des Mystery Club standen in der Bibliothek herum und wussten nicht recht, was sie tun sollten. Mrs D'Angelo war verschwunden, um Kaffee zu kochen, und Grant würde sicher auch nicht zurückkommen. Sie sahen, wie er sein Pferd sattelte und dann über die Weide davongaloppierte. Es zeugte zwar nicht gerade von feinen Manieren, auf der Suche nach Mrs D'Angelo durchs Haus zu schleichen, doch wie es aussah, würde ihnen nichts anderes übrig bleiben.

Es dauerte eine Weile, bevor sie endlich die Küche fanden. Mrs D'Angelo telefonierte. Holly schob ihren Kopf durch die Tür.

„Entschuldigen Sie, Mrs D'Angelo", sagte sie. „Wir müssen jetzt gehen."

Mrs D'Angelo legte eine Hand über die Sprechmuschel. „Ist gut. Es tut mir Leid wegen des Kaffees. Ich wollte gerade das Wasser aufsetzen, als das Telefon klingelte."

„Das macht doch nichts", versicherte Holly ihr. „Vielen Dank, dass Sie uns das Haus gezeigt haben."

Als Holly die Tür schloss, konzentrierte sich Mrs D'Angelo bereits wieder auf ihr Telefongespräch. Holly lief zurück zu Tracy und Belinda, die an der Haustür warteten. Die drei schlüpften hinaus und zogen die Tür leise hinter sich zu.

„Ich kann es nicht glauben", stieß Holly hervor, als sie die Auffahrt und das von Säulen flankierte Tor hinter sich gelassen hatten. Sie dachte immer noch daran, wie Grant den Polizisten belogen hatte. „Was für ein Spiel spielt Grant bloß?"

„Ein Spiel, das ‚Polizisten-Belügen' heißt", bemerkte Belinda. „Jetzt müssen wir nur herausfinden, warum er das tut."

Kapitel 4

Erwischt!

„Puh! Ich brauche eine Pause." Belinda stieg von ihrem Rad und ließ sich am Flussufer auf eine Bank sinken. Die Mädchen waren nach ihrem Besuch bei Grant auf dem Rückweg zu Belindas Haus. Holly und Tracy setzten sich neben sie.

„Habt ihr eine Idee, warum Grant bestreitet, diesen Lastwagen gesehen zu haben?", fragte Holly. Sie beugte sich vor und starrte ins Wasser. Seit sie die Casa Blanca verlassen hatten, hatte sie nach einer Erklärung für Grants Verhalten gesucht.

„Nein", sagte Belinda und putzte ihre Brille. „Aber ich finde das Ganze ziemlich verdächtig."

„Er will nicht, dass die Polizei davon erfährt", sagte Tracy. „Das ist ja wohl eindeutig."

„Ja, aber warum?", überlegte Holly. „Er wird doch sicher wollen, dass der Pferdedieb gefasst wird. Schließlich hat er gesagt, dass er Pferde liebt!"

Belinda schüttelte den Kopf. „Vielleicht will er gar nicht, dass der Dieb gefasst wird."

„Wieso?", fragte Tracy. „Das verstehe ich nicht."

„Vielleicht hat er Angst", bemerkte Holly.

„Wovor sollte er denn Angst haben?", fragte Tracy.

Holly zuckte mit den Schultern. „Keine Ahnung. Das war nur eine Idee. Aber ich würde zu gern herausfinden, warum er lügt. Die Polizei muss mich für schwachsinnig halten. Sie glaubt sicher, ich hätte mir das alles ausgedacht."

„Wenn ihr mich fragt", bemerkte Belinda langsam, „ist unser Mr D'Angelo ein ziemlich undurchsichtiger Bursche."

„Und er ist Mamas Liebling", fügte Holly hinzu. „Diese ganzen Geschichten über die Meisterschaften, die er gewonnen haben soll. Reitet er wirklich so gut, Belinda?"

„Seine Mutter scheint davon überzeugt zu sein", erwiderte Belinda. „Und als er vorhin vom Haus weggaloppiert ist, hat er auch eine ganz gute Figur gemacht. Er hat sich mit Beauty für das Turnier angemeldet – dort werden wir sehen, wie gut er wirklich ist."

„Und wie bekommen wir in der Zwischenzeit heraus, was Grant zu verbergen hat?", fragte Holly.

„Wir könnten seine Freunde fragen. Vielleicht wissen sie etwas", schlug Tracy vor.

„Wir kennen seine Freunde doch gar nicht", wendete Belinda ein.

Holly schaute nachdenklich drein. „Mir ist etwas eingefallen. Vielleicht könnte ich einen Artikel über Mrs D'Angelo für die Schülerzeitung schreiben. Er wäre sicher sehr interessant. Ich hatte den Eindruck, dass sie vor ihrem Unfall ein ziemlich aufregendes Leben geführt hat. Ich habe schon überlegt, was ich für die nächste Ausgabe schreiben könnte. Vielleicht sollte ich eine Serie über Berühmtheiten beginnen, die hier in Willow Dale leben!“

„Damit meinst du sicher Leute wie uns“, stellte Belinda grinsend fest.

Holly erwiderte ihr Grinsen. „Ich dachte eher an Leute, die nicht ganz so berühmt sind wie wir.“

„Klingt genial“, sagte Tracy.

„Ich wette, ich kann sie dazu bringen, über Grant zu reden.“ Holly hatte ein Strahlen in den Augen.

„Das dürfte nicht schwer sein“, sagte Tracy. „Schließlich liebt sie ihn über alles. Wahrscheinlich wird sie dir seine Lebensgeschichte erzählen.“ Sie sprang auf, denn sie konnte es kaum erwarten, wieder auf ihr Rad zu steigen. Nur herumzusitzen und zu reden, war ihr einfach zu wenig.

„Los, kommt. Lasst uns zum Haus zurückfahren.“

„Ich glaube, ich sollte lieber vorher anrufen. Ich könnte Mrs D’Angelo fragen, ob ich gleich morgen kommen darf“, wendete Holly ein.

„Morgen backe ich Miltons Kuchen“, verkündete Belinda. „Aber ihr könnt gern fahren.“ Die beiden starrten sie an.

„Miltons Kuchen!“, kicherte Holly. „Das kann nicht dein Ernst sein!“

Belinda hob die Brauen. „Das ist mein voller Ernst. Oder hast du schon einmal von einer Geburtstagsfeier ohne Geburtstagskuchen gehört?“

Tracy lachte. „Da hast du allerdings Recht, Belinda. Wie alt ist Milton eigentlich?“

„Acht“, sagte Belinda. „Das bedeutet, dass acht Kerzen auf seinen Kuchen müssen.“

„Und wie willst du ihn dazu bringen, sie auszublasen?“, fragte Holly.

„Ich hoffe, er erwartet nicht auch noch Geschenke!“, sagte Tracy. Dann sprang sie auf ihr Rad und schloss den Kinnriemen ihres leuchtend orangefarbenen Fahrradhelms. „Los, auf geht's. Machen wir ein Wettrennen bis nach Hause!“

Belinda stöhnte auf. „Oh nein. Nicht schon wieder!“

Sie machten sich auf den Rückweg in die Stadt. Viele der kleinen Fabriken im alten Industriegebiet standen leer, seitdem es das neue Gewerbegebiet am anderen Ende von Willow Dale gab. Die alten Gebäude waren verwahrlost und schmutzig und etliche schienen kurz vor dem Zusammenbrechen zu stehen. Selbst bei Tageslicht wirkte das Gebiet düster und bedrohlich.

„Ganz schön unheimlich hier“, stellte Tracy fest und radelte schneller.

„He, warte ...“, wollte Belinda protestieren, doch ihre Worte wurden vom Motorengeräusch eines roten Kombis übertönt, der aus einer Kurve auf sie zugeschossen kam.

An dieser Stelle war die Straße ziemlich schmal. Tracy brachte ihr Rad gerade noch zum Stehen und versuchte verzweifelt, es auf den Randstreifen zu ziehen. Die anderen konnten nur mit Mühe einen Zusammenprall mit ihr vermeiden.

Mit quietschenden Reifen wich ihnen der Wagen aus. Holly erhaschte einen kurzen Blick auf das erschrockene Gesicht des Fahrers, der das Lenkrad herumriss. Es versetzte ihr einen Schock, als sie ihn erkannte. Es war der Mann, der mit dem Viehtransporter von der Snowdrop Farm weggefahren war! Ihre Blicke trafen sich, und Holly spürte, wie der Mann sie anstarrte. Er hatte sie erkannt – daran gab es keinen Zweifel.

Das Auto beschleunigte wieder und raste davon. Holly schauderte bei dem Gedanken an den stechenden Blick des Mannes. Er hatte nicht allein im Auto gesessen, doch Holly hatte sich den Beifahrer nicht genauer ansehen können.

„Schnell“, rief sie ihren Freundinnen zu. „Nichts wie weg von hier!“ Sie radelte los, so schnell sie konnte.

„Was ist denn los?“, brüllte Belinda hinter ihr her.

„Dieser Mann“, rief Holly über die Schulter, „ist derselbe, den ich in dem Lastwagen auf der Snowdrop Farm gesehen habe. Er ...“ Sie unterbrach sich, denn für weitere Erklärungen war keine Zeit mehr. Der Wagen hatte gewendet und kam mit hoher Geschwindigkeit auf sie zu.

„Schnell!“ Holly bog auf einen der Parkplätze vor einem alten Fabrikgebäude ein.

Die großen Fabriktore standen offen; eines war sogar halb aus den Angeln gerissen. Sie fuhr mit dem Rad bis in das Gebäude. Der Fußboden im Innern der alten Fabrik war mit Metallteilen, Glasscherben und anderem Abfall übersät und Holly konnte nicht mehr rechtzeitig bremsen. Ihr Vorderrad prallte auf einen Ziegelstein und Holly stürzte mitten in das Gerümpel.

„Holly!“ Tracy kreischte auf.

Holly sprang wieder auf. Sie hatte sich ein Knie aufgeschürft, doch davon abgesehen fehlte ihr nichts. Aber der

Mystery Club war noch nicht außer Gefahr. Der Kombi war ihnen auf den Parkplatz gefolgt und dort rutschend zum Stehen gekommen. Die Fahrertür wurde aufgestoßen und der Mann sprang heraus.

„He, du, Mädchen! Ich will mit dir reden!"

Holly wartete nicht ab, was er zu sagen hatte. „Schnell, hier entlang!", schnaufte sie, und das Herz schlug ihr bis zum Hals. Sie hatte in der gegenüberliegenden Wand eine Tür entdeckt, durch die sie vielleicht entkommen konnten.

Tracy und Belinda ließen ihre Räder fallen und rannten ihr nach. Holly hastete auf die Tür zu, sprang über alte Metallgitter und wich dem herumliegenden Müll geschickt aus. Die drei Mädchen brachten sich hinter der Tür in Sicherheit. Holly packte den Türgriff und wollte gerade die Tür zuschlagen. Plötzlich tauchte der Mann in dem offen stehenden Fabriktor auf. Er brüllte etwas und drohte mit der Faust. Holly achtete nicht darauf, was er ihnen zurief, denn sie war damit beschäftigt, sich mit der Schulter gegen die Tür zu stemmen, um sie zu schließen. „Helft mir!", keuchte sie.

Die beiden anderen warfen sich ebenfalls gegen die Tür. Die Scharniere ächzten und quietschten, bis die Tür endlich mit einem dumpfen Krachen ins Schloss fiel. Nachtschwarze Finsternis umgab die Mädchen. Alle drei lehnten sich gegen die Tür und schnappten nach Luft.

Belindas Stimme ertönte aus der Dunkelheit. „Puh!" Sie sank zu Boden und versuchte, wieder zu Atem zu kommen.

„Was mag er von dir gewollt haben?" Selbst Tracy war außer Atem. Sie tastete in der Dunkelheit herum und erwischte schließlich Hollys Ärmel.

Holly schüttelte den Kopf. „Keine Ahnung. Aber ich wollte auch nicht auf ihn warten, um es herauszufinden."
Belinda stand wieder auf und tastete im Dunkeln nach den anderen. Die drei standen dicht gedrängt hinter der geschlossenen Tür.
„Hört mal!", wisperte Holly. Von draußen hörte man gedämpft ein Auto anspringen.
„Er fährt weg." Holly seufzte erleichtert auf.
„Er muss doch gesehen haben, dass wir hier reingelaufen sind", sagte Belinda. „Warum ist er uns nicht gefolgt?"
Holly zuckte mit den Schultern. „Vielleicht wollte er uns nur einen Schrecken einjagen."
„Du meinst wohl, er wollte *dir* einen Schrecken einjagen", verbesserte Belinda. „Er hat dich erkannt, Holly, und er weiß, dass du ihn von der Snowdrop Farm hast wegfahren sehen. Wir sollten uns vor ihm in Acht nehmen!"
„Ja", sagte Holly finster. „Der Meinung bin ich auch."
Nirgendwo war auch nur der geringste Lichtschimmer zu sehen, nicht einmal an den Rändern der schweren Tür. Die Mädchen schwiegen, während sie darauf warteten, dass sich ihre Augen an die Dunkelheit gewöhnten.
„Was für ein Raum ist das hier eigentlich?", flüsterte Tracy und riss die Augen weit auf, in der Hoffnung, etwas sehen zu können. „Hier ist es so stockfinster wie in einer Kohlenmine."
„Ich weiß es auch nicht", sagte Holly, deren Herz immer noch viel zu schnell schlug. Ihre Stimmen hallten durch den Raum wie durch eine riesige leere Höhle. Holly berührte eine der Wände. Sie fühlte sich kalt und metallisch an.

„Glaubt ihr, dass er wirklich weg ist?“, fragte Belinda leise. „Ich will nicht länger hier bleiben.“

„Lass uns noch eine Weile warten“, entschied Holly. „Nur für den Fall, dass er noch draußen herumlungert.“

Schweigend drängten sich die drei auf dem Boden zusammen. Es war bitterkalt und die Feuchtigkeit drang ihnen bis ins Mark.

„Wie lange sind wir schon hier?“, fragte Tracy schließlich. „Mir kommt es vor, als wären es schon ein paar Stunden.“

„Wenn ich auf meine Uhr sehen könnte, könnte ich es dir sagen“, antwortete Belinda niedergeschlagen.

Holly sah auf das Leuchtzifferblatt ihrer Uhr. „Eine Viertelstunde“, sagte sie und stand auf. „Ich werde mal nachsehen, ob die Luft rein ist. Wir können schließlich nicht ewig hier bleiben – womöglich würden wir hier drin noch ersticken.“

Sie zog an dem massiven Türgriff, aber er bewegte sich keinen Millimeter. Sie versuchte es erneut und keuchte vor Anstrengung.

„Lass mich mal“, sagte Tracy.

Holly trat zurück, und Tracy zog mit aller Kraft. „Es hat keinen Sinn. Sie rührt sich nicht. Tut mir Leid, Leute, wie es aussieht, lässt sich diese Tür nur von außen öffnen. Das heißt, wir sitzen hier fest.“

Holly erschrak. Das ganze Industriegebiet war verlassen. Es konnte Tage, ja sogar Wochen dauern, bis jemand sie fand. Sie rüttelte noch einmal am Türgriff. „Sie muss doch aufgehen!“

„Psst!“, zischte Belinda plötzlich. „Hört mal!“

Die drei standen stockstill und wagten kaum zu atmen. Von

draußen waren langsame, schwere Schritte zu hören, die auf die Tür zukamen.
„Oh nein, er kommt zurück!“, jammerte Tracy. Ängstlich klammerten sie sich aneinander.
„Wenn er die Tür aufmacht, stürmen wir hinaus und rennen, was das Zeug hält“, flüsterte Holly, in deren Kopf sich die Gedanken überschlugen. „Damit rechnet er nicht, und bis er sich davon erholt hat, sind wir vielleicht schon weg.“
Die Schritte kamen immer näher.
„Wir schnappen unsere Räder“, wisperte Tracy, „und rasen zur Hauptstraße, so schnell wir können.“
Plötzlich ertönte von draußen ein Geräusch und die Türangeln begannen zu quietschen. Belinda schlug die Hände vors Gesicht. Sie konnte einfach nicht hinsehen. Ein heller Streifen erschien am Türrahmen, als die Tür sich langsam öffnete. Schließlich konnten die drei den dunklen Umriss eines Mannes erkennen.
Holly holte tief Luft. „Also gut. Jetzt!“
Gemeinsam stürmten sie nach draußen. Der Mann in dunkler Uniform stieß einen überraschten Schrei aus und machte ein paar hastige Schritte rückwärts. Die Mädchen prallten so heftig gegen ihn, dass er beinahe gestürzt wäre. Er verlor das Gleichgewicht und ruderte verzweifelt mit den Armen. Die Uniformmütze flog im hohen Bogen von seinem Kopf.
„Halt, stehen bleiben!“
Vor dem Fabriktor stand ein Polizeiwagen und ein hoch gewachsener Polizist versperrte den Mädchen den Weg. Holly blieb wie angewurzelt stehen. Sie schluckte. Polizisten! Wie kamen die denn hierher?

Tracy war entsetzt. „Das tut uns wirklich Leid. Wir dachten eigentlich ..." Sie hob schnell die Mütze des Polizisten auf. Sorgsam wischte sie den Schmutz ab und reichte sie dem Beamten dann mit einem verlegenen Grinsen.
Der Polizist hatte sein Gleichgewicht wiedergefunden und strich sich das Haar glatt. „Würdet ihr uns bitte erklären, was ihr hier macht?" Holly, Tracy und Belinda begannen gleichzeitig zu sprechen. Der Polizist hob die Hände. „Langsam, langsam. Immer schön der Reihe nach." Holly erklärte schnell, was vorgefallen war.
„Aber das haben wir alles schon Ihrem Kollegen auf der Wache erzählt", fügte Tracy hinzu.
„Welchem Kollegen auf der Wache?", fragte der Polizist verständnislos.
„Dem hinter dem Tresen", sagte Holly. „Ich habe ihm gesagt, dass ich an dem Tag, an dem das Pferd gestohlen wurde, einen blauen Lastwagen von der Snowdrop Farm wegfahren sah."
„Ja", sagte der Polizist, „erzähl weiter."
„Und er war es ... der Fahrer. Wir haben ihn hier auf der Straße gesehen, und als er mich erkannte, hat er uns hier hineingejagt", berichtete Holly. „Und er sah ziemlich wütend aus."
„Er sah stinkwütend aus", stieß Belinda hervor. „Ich dachte, er würde uns umbringen!"
„Ja", fügte Holly atemlos hinzu. „Wir sind vor Angst fast gestorben."
„Und ihr wisst nicht, wer er ist?", fragte der Polizist.
„Das habe ich Ihnen doch gerade gesagt", betonte Holly.

„Es war der Mann, der mit dem Laster von der Snowdrop Farm weggefahren ist."
„Nein, nein." Der Polizist schob seine Mütze in den Nacken und kratzte sich die Stirn. „Ich meinte, ob ihr nicht wisst, wie er heißt."
„Nein", gestand Holly.
Der Polizist schüttelte den Kopf. „Ich muss zugeben, dass ich mit diesem Fall nicht vertraut bin. Das Einzige, was ich weiß, ist, dass vor ein paar Minuten eine Frau im Revier angerufen und gemeldet hat, dass drei Mädchen im Kühlraum einer alten Fabrik eingesperrt wären."
„Eine Frau?", rief Belinda. „Woher wusste denn eine Frau davon?"
„Er hatte jemand bei sich im Wagen", sagte Holly. „Das muss sie gewesen sein."
„Ihr solltet euch von diesen alten Gebäuden fern halten", mahnte der Polizist. „Sie sind wirklich gefährlich. Ihr hättet da drinnen verhungern können."
„Verhungern!", rief Belinda entsetzt. An ein so schreckliches Ende wollte sie nicht einmal denken.
„Wir hatten nicht die Absicht hierher zu kommen", verkündete Holly empört. „Wir sind nur ganz unschuldig vorbeigeradelt. Ich habe Ihnen doch gesagt, dass er uns gejagt hat."
Der Polizist machte sich ein paar Notizen. „Ich werde einen Bericht schreiben. Seid ihr absolut sicher, dass ihr nicht wisst, wer der Mann ist?"
„Ja, absolut", sagte Holly. Sie wusste nicht, wer der Mann war, aber er hatte sie als das Mädchen erkannt, das ihn am Vortag gesehen hatte. Er hatte sie verfolgt und in Kauf ge-

nommen, dass sie in dem alten Kühlraum elendig sterben würden. Kein Wunder, dass Grant D'Angelo bestritten hatte, einen solchen Menschen zu kennen.

Ihr lief es eiskalt den Rücken hinunter. Der Mystery Club musste herausfinden, wer der Mann war und warum er einfach weggefahren war und sie an einem Ort zurückgelassen hatte, an dem sie vielleicht nie gefunden worden wären! Holly hatte das Gefühl, dass Grant D'Angelo diese Fragen beantworten könnte.

„Euch ist doch klar", sagte sie auf dem Heimweg zu Belinda und Tracy, „dass Grant diesen Kerl kennt, auch wenn er es der Polizei gegenüber bestritten hat."

„Das glaube ich auch", sagte Tracy. „Obwohl er nicht gerade der Typ ist, den ich mir als Freund wünschen würde."

„Vielleicht sind sie ja gar keine Freunde", bemerkte Holly nachdenklich. „Aber auf jeden Fall kennen sie sich."

„Mir scheint", keuchte Belinda, die ziemlich kräftig strampeln musste, um mit den Freundinnen mitzuhalten, „dass wir Grant überreden müssen, uns zu sagen, wer der Kerl ist, meint ihr nicht?"

„Allerdings", bestätigte Holly, „dann erzähl mir mal, wie wir das am besten anstellen sollen."

Kapitel 5

Ein Interview

Als Holly am nächsten Morgen aufwachte, schien warmes Sonnenlicht durch die Vorhänge und zeichnete helle Muster auf die seidene Bettwäsche und den antiken Ankleidetisch aus Mahagoni. Holly sah sich einen Moment lang verwirrt um und wusste nicht, wo sie war. Doch dann fiel ihr wieder ein, dass sie bei Belinda zu Besuch war, und sie sprang aus dem Bett.

Der Duft von frischem Toast drang aus der Küche herauf. Holly schlüpfte in Morgenmantel und Hausschuhe und traf Belinda auf dem Treppenabsatz. Sie sah aus, als wäre sie noch nicht richtig wach.

„Tracy ist gerade zu ihrem Morgenlauf aufgebrochen“, murmelte Belinda. „Sie hat Frühstück für uns gemacht. Ich werde nie begreifen, wie jemand um diese Tageszeit die Energie zum Joggen aufbringt!“ Sie nahm ihre Brille ab und rieb sich müde die Augen. „Ich finde gehen schon anstrengend genug!“

„Du siehst aus wie eine von diesen lebenden Toten“, stellte Holly grinsend fest.
„Oh, vielen Dank“, erwiderte Belinda großmütig. „Es geht doch nichts über ein Kompliment am frühen Morgen.“ Sie gähnte. „Wir sehen uns in der Küche. Der Toast duftet zu gut.“
Holly ging ins Badezimmer und stellte sich unter die Dusche. Dann zog sie ihre beste Jeans und eine weiße Bluse an. Wenn Mrs D’Angelo ihr erlaubte, sie zu besuchen, wollte sie einen guten Eindruck machen. Sie war auf dem Weg in die Küche, als das Telefon klingelte.
„Soll ich abnehmen?“, fragte sie Belinda.
„Klar doch“, murmelte Belinda undeutlich mit dem Mund voll Toast.
Es war Hollys Vater. „Ich sehe, dass du dich schon wie zu Hause fühlst“, scherzte er, als er Hollys Stimme hörte.
„Auf jeden Fall“, bestätigte Holly. „Um ehrlich zu sein, finde ich es toll, keinen Gipsstaub im Tee zu haben und nicht ständig das Piepsen von Jamies Computerspielen hören zu müssen!“
Mr Adams lachte. „Gewöhn dich nicht zu sehr daran. Irgendwann wirst du wieder nach Hause müssen.“
Holly kicherte. „Soll das eine Drohung sein?“
„Natürlich“, sagte ihr Vater. „Aber jetzt mal ernsthaft: Ist bei euch alles in Ordnung?“
„Ja, klar.“ Holly biss sich auf die Lippe. Es wäre keine gute Idee, ihrem Vater von ihrem Erlebnis mit dem Lastwagenfahrer zu erzählen. Er würde verlangen, dass sie sofort nach Hause käme, und damit wäre alles zu Ende.

„Was habt ihr heute vor?“, fragte Mr Adams.
Holly erzählte ihm von ihrer Hoffnung auf ein Interview mit Mrs D’Angelo. „Natürlich nur, wenn sie nichts dagegen hat“, fügte sie hinzu.
Mr Adams klang beeindruckt. „Ich wusste gar nicht, dass wir hier in unserem kleinen Willow Dale eine berühmte Springreiterin haben.“
„Das wussten wir auch nicht“, sagte Holly und erzählte ihrem Vater dann von der für den Abend geplanten Party.
„Wie willst du dich verkleiden?“, fragte er, doch bevor Holly es ihm sagen konnte, fuhr er fort. „Halt, lass mich raten ... Irgendein berühmter Detektiv ... Doch nicht Miss Marple?“
Holly musste lachen. „Wie bist du bloß darauf gekommen?“
„Das frage ich mich auch“, alberte ihr Vater. „Aber jetzt wünsche ich euch viel Spaß. Und denk daran, dass du jederzeit anrufen kannst, wenn ihr etwas braucht. Wenn ich nicht da sein sollte, kannst du bei Mom in der Bank anrufen.“
„Ja, ich weiß“, sagte Holly.
Sie legte den Hörer auf und seufzte. Eigentlich hasste sie es, Geheimnisse vor ihren Eltern zu haben, doch im Augenblick gab es keine andere Möglichkeit. Da sie nun schon einmal am Telefon war, beschloss Holly, Mrs D’Angelo anzurufen und zu fragen, ob sie ein Interview mit ihr führen dürfte.
„Kann ich eben Grants Mutter anrufen?“, rief sie Belinda zu.
„Klar, kein Problem“, antwortete Belinda, die sich immer noch anhörte, als hätte sie den Mund voll. „Das Telefonbuch findest du in der Schublade.“

Holly suchte die Nummer der D'Angelos heraus und wählte. Eine Frau meldete sich, doch sie hörte sich nicht an wie Mrs D'Angelo. Grants Mutter sprach eher ruhig, doch diese Stimme hörte sich streng und geschäftsmäßig an.

„Kann ich bitte Mrs D'Angelo sprechen?", fragte Holly sehr höflich.

„Das tut mir Leid", antwortete die Frau. „Sie ist im Moment beschäftigt. Hier spricht Fran. Kann ich ihr etwas ausrichten?"

„Oh", sagte Holly. „Hier ist Holly Adams. Meine Freundinnen und ich haben Grant gestern besucht. Ich schreibe für die Schülerzeitung und würde mich gern mit Mrs D'Angelo über ihre Karriere als Springreiterin unterhalten."

„Bitte bleib dran", sagte Fran. „Ich werde sie fragen."

Holly hörte, wie der Hörer abgelegt wurde, dann klappte eine Tür. Kurz darauf kam Fran zurück.

„Ja", sagte sie. „Kein Problem. Es wäre allerdings gut, wenn du möglichst bald kämst, weil wir nachher noch Besuch erwarten."

„Oh, vielen Dank", sagte Holly und hätte vor Freude am liebsten Luftsprünge gemacht. Jetzt hatte sie sowohl die Aussicht auf eine perfekte Story für die Schülerzeitung als auch die Gelegenheit, mehr über Grant zu erfahren. „Bitte sagen Sie Mrs D'Angelo, wie sehr mich das freut. Ich komme, so schnell ich kann."

„Das mache ich", sagte Fran und legte den Hörer auf.

Als Holly mit vor Aufregung rotem Gesicht wieder in die Küche gestürmt kam, saß Belinda am Tisch und starrte in ein Kochbuch.

„Mrs D'Angelo sagt, ich könnte gleich kommen."
„Super!", sagte Belinda mit einem Marmeladentoast im Mund. Ein Klecks Marmelade fiel auf die aufgeschlagene Seite. Belinda wischte ihn ungerührt weg und leckte sich danach den Finger ab.
„Ich hatte Fran am Telefon", berichtete Holly. „Mrs D'Angelo hat sie erwähnt, erinnerst du dich?"
„Ja", sagte Belinda und bestrich eine weitere Toastscheibe mit einer dicken Schicht Marmelade. „Wir haben vermutet, dass sie das Hausmädchen ist."
„Danach hörte sie sich aber nicht an. Eher wie eine Sekretärin oder so etwas."
„Das wäre möglich", gab Belinda zu. „Wann willst du los?"
„Gleich nach dem Frühstück."
„Dann wirst du ja erfahren, wer Fran ist", bemerkte Belinda gleichgültig und konzentrierte sich wieder auf das Kochbuch.
Holly warf einen Blick über ihre Schulter. „Belinda, was machst du da eigentlich?"
„Ich suche nach einem Rezept für Miltons Kuchen. Du weißt doch, dass ich ihn heute backen will."
Holly lachte. Sie hatte noch nie erlebt, dass Belinda etwas gebacken hatte. „Ich hatte es für einen Scherz gehalten."
Belinda sah sie empört an. „Einen Scherz? Natürlich nicht!"
„Ich hoffe nur, dass du nicht vorhast, uns alle zu vergiften", kicherte Holly.
„Frechheit!", erwiderte Belinda und warf mit einem Geschirrtuch nach Holly. „Der Kuchen wird einfach traumhaft werden. Warte es nur ab!"

Nach dem Frühstück radelte Holly zur Casa Blanca. Sie stellte ihr Rad neben der Vordertür ab, strich sich mit den Händen übers Haar und läutete. Von innen waren Schritte zu hören, dann wurde die Tür geöffnet.

Eine Frau von etwa Mitte zwanzig erschien in der Tür. Sie war genauso dunkel und so gut aussehend wie Grant, doch sie wirkte irgendwie ungepflegt. Sie trug eine ausgebeulte beigefarbene Strickjacke und einen alten braunen Rock. Ihr schwarzes Haar war streng zurückgekämmt und mit einem Gummiband zum Pferdeschwanz gebunden. Holly sah jedoch, dass diese Frau mit den hohen Wangenknochen und den dunklen Augen bildschön aussehen könnte, wenn sie sich mit ihrem Äußeren nur ein bisschen mehr Mühe geben würde.

Die junge Frau machte große Augen, als ob sie sehr überrascht wäre, Holly zu sehen. Dann schien sie schnell ihre Fassung zurückzugewinnen. Wie merkwürdig, dachte Holly. Ich habe doch vorher angerufen und gefragt, ob ich kommen dürfte.

„Ja?“, sagte die Frau streng. „Kann ich dir helfen?“ Holly erkannte ihre Stimme sofort: Es war eindeutig die Frau, mit der sie telefoniert hatte. Das machte es noch merkwürdiger, dass sie jetzt so überrascht schien.

Holly stellte sich vor. „Ich bin Holly Adams. Ich habe vorhin angerufen, wegen eines Interviews mit Mrs D'Angelo.“

Die Frau trat einen Schritt zurück. „Ach ja. Komm herein.“ Sie ging zu einer Tür. „Mutter, dein Besuch ist da!“, rief sie ins angrenzende Zimmer.

Holly ging ein Licht auf. Das ist also Fran, dachte sie. Wie komisch. Mrs D'Angelo hatte nichts von einer Tochter erzählt, und auch Grant hatte nicht erwähnt, dass er eine Schwester hatte. Belinda hatte Recht: Grant D'Angelo war wirklich ein ziemlich undurchsichtiger Bursche!

Mrs D'Angelo kam in die Halle gefahren und lächelte Holly freundlich an. Sie hielt ihr die Hand hin.

„Wie schön, dich wieder zu sehen, Holly. Komm bitte mit in den Wintergarten, dort können wir uns unterhalten. Ach, das ist übrigens meine Tochter Francesca. Wir nennen sie aber Fran."

Holly lächelte Fran strahlend an. „Ich wusste gar nicht, dass Grant eine Schwester hat!"

„Tatsächlich nicht?" Fran machte sich nicht die Mühe, Hollys Lächeln zu erwidern.

Mrs D'Angelo war schon in den Wintergarten vorausgefahren. Sie drehte den Kopf und rief über die Schulter: „Fran, bring uns bitte Kaffee."

Fran hielt Holly am Arm zurück. „Bitte lass meine Mutter nicht zu viel reden", bat sie leise. „Sie wird leider sehr schnell müde."

„Ganz bestimmt nicht", versicherte Holly ihr. Sie folgte Mrs D'Angelo in den sonnigen Wintergarten. Dort setzte sie sich und legte sich ihr Notizbuch auf den Knien bereit.

„Nun, Mrs D'Angelo", begann sie, „würden Sie mir etwas über Ihre Erfolge im Reitsport erzählen?"

Zehn Minuten später hatte Holly eine Menge über Mrs D'Angelos Vergangenheit erfahren und sich unzählige Notizen gemacht, doch es war ihr noch nicht gelungen, das Gespräch auf Grant zu lenken. Sie hatte das ungute Gefühl, dass Fran jeden Augenblick hereinkommen konnte, um ihr zu sagen, dass sie ihre Mutter lange genug belästigt hätte. Holly musste Mrs D'Angelo unbedingt sofort dazu bringen, von Grant zu sprechen.

„Und Sie möchten, dass Grant in Ihre Fußstapfen tritt?", fragte sie deshalb.

Mrs D'Angelo nickte. „Ja, das ist mein größter Wunsch." Sie sah sich ungeduldig um. Fran hatte immer noch keinen Kaffee gebracht. „Sei bitte so nett und suche Fran. Ich weiß wirklich nicht, wo sie schon wieder steckt."

„Natürlich, gern."

Holly legte ihr Notizbuch auf den Stuhl. Als sie die Tür zur Küche öffnete, wehte ihr der Kaffeeduft entgegen, doch der lange, schmale Raum war leer. Holly betrachtete die Kücheneinrichtung aus Eichenholz und die Regale, auf denen Kochbücher und schmale, hohe Gläser voller verschiedener Nudelsorten standen. Auf der Arbeitsplatte brodelte eine Kaffeemaschine vor sich hin, doch Fran war nirgendwo zu sehen.

Holly trat ans Fenster, um nachzusehen, ob sie vielleicht in den Garten gegangen war. An einer Küchenwand hing eine Pinnwand, an die eine Menge Geschäftskarten und Notizen angeheftet waren. Auf einem Foto war Grant als kleiner Junge auf einem Pferd zu sehen. Fran hielt es am Zügel und machte ein ausgesprochen missgelauntes Gesicht. Holly entdeckte außerdem eine Fleischerrechnung, eine Liste mit den Sprechzeiten einer Arztpraxis und eine schmutzige Visitenkarte, auf der *Jack Pierce, Heu- und Strohhandel* stand sowie seine Telefonnummer und Adresse.

Draußen sprang ein Wagen an. Holly verrenkte sich zwar fast den Hals, konnte aber trotzdem kein Auto sehen. Dann kam Fran zur Hintertür herein und wurde rot, als sie Holly bemerkte.

„Oh ... tut mir Leid ... Es war jemand an der Tür. Ich bringe den Kaffee sofort."

„Den kann ich doch nehmen", bot Holly an.

Zu ihrer Verwunderung bedachte Fran sie mit einem misstrauischen Blick. „Was willst du eigentlich wirklich hier?"

Holly wusste nicht, was sie sagen sollte. „Ich verstehe Sie nicht. Sie wissen doch, warum ich hier bin."

„Um meine Mutter über ihre Sporterfolge zu interviewen? Bist du sicher, dass das der wahre Grund ist?"

Holly runzelte die Stirn. Was konnte Fran bloß meinen? Sie konnte doch unmöglich wissen, dass Holly noch aus einem anderen Grund gekommen war.

„Weshalb sollte ich denn sonst hier sein?", fragte sie Fran betont gelassen.

Fran zuckte müde mit den Schultern und ließ sich schwer auf einen Stuhl fallen. „Ich weiß es nicht. Aber ich muss meine Mutter beschützen. Du musst wissen, dass sie eine sehr zarte Person ist."

Holly setzte sich neben sie. Ihre Gedanken überschlugen sich. Vielleicht war es sinnvoller, Fran über Grant auszuhorchen.

„Ja, das glaube ich gern", begann sie. „Die Sache mit ihrem Unfall ist schrecklich. Haben Sie sich immer um sie gekümmert?"

„Ja, ich musste vorzeitig von der Schule abgehen, als mein

Vater starb. Ich habe mich um Grant und meine Mutter gekümmert." Fran stützte den Kopf in die Hände. „Ich wäre gern Schauspielerin geworden, aber ..." Ihre Stimme klang traurig, doch dann schien sie sich zusammenzureißen. „Aber das habe ich mir aus dem Kopf schlagen müssen."

„Dafür ist es doch sicher noch nicht zu spät", sagte Holly. „Wenn Sie es immer noch wollen, dann tun Sie es doch einfach."

Fran sprang auf. „Was ich will, spielt keine Rolle!", stieß sie verbittert hervor. „Grant ist derjenige, der eines Tages berühmt sein wird. Hat meine Mutter dir nicht erzählt, dass sie damit rechnet, dass man ihn in die Olympiamannschaft aufnimmt?"

„Doch", gab Holly zu. „Sie hat es erwähnt. Sie müssen sehr stolz auf ihn sein."

Fran zuckte die Achseln. „Ja, wahrscheinlich bin ich das. Grant und ich stehen uns sehr nahe. Das liegt vielleicht daran, dass ich ihm immer wieder aus Schwierigkeiten heraushelfe."

Hollys Herzschlag beschleunigte sich. Jetzt wurde es interessant, denn jetzt kam endlich das, was sie hören wollte. „Ach?", sagte sie beiläufig. „Ich kann mir gar nicht vorstellen, in welche Schwierigkeiten Grant geraten könnte."

„Du würdest dich wundern", begann Fran, doch dann unterbrach sie sich. „Er ist eben sehr impulsiv. Er macht sehr oft etwas, ohne über die Konsequenzen nachzudenken. Das Problem ist nur, dass es unsere Mutter umbringen würde, wenn sie es erfährt."

„Wenn sie was erfährt?", fragte Holly schnell.

Doch Fran hatte keine Gelegenheit zu einer Antwort, denn die Küchentür ging auf, und Mrs D'Angelo kam hereingefahren. Sie sah verärgert aus. „Fran, wo bleibt denn der Kaffee? Ich brauche jetzt sofort eine Tasse."

Fran wirkte verlegen. Sie stand schnell auf und machte ein Kaffeetablett zurecht. „Entschuldige, Mutter. Zuerst war jemand an der Tür und dann habe ich mich mit Holly unterhalten. Ich bringe dir den Kaffee sofort."

Mrs D'Angelo sah auf ihre Uhr. „Es tut mir Leid, Holly, aber ich erwarte in wenigen Minuten Besuch. Vielleicht können wir das Interview ein anderes Mal beenden."

Holly nickte. „Natürlich, Mrs D'Angelo. Bitte entschuldigen Sie, dass ich Sie so lange aufgehalten habe."

Fran brachte Holly zur Tür. „Du wirst meiner Mutter doch nichts davon erzählen, dass ich Grant immer helfe, wenn er Ärger hat, nicht wahr?" Sie hörte sich beunruhigt an.

„Nein, natürlich nicht", sagte Holly. „Aber Sie haben mir noch nicht gesagt, worum es dabei eigentlich geht."

Fran schlug die Augen nieder. „Nein. Aber manchmal ist meine Zunge einfach schneller als mein Gehirn. Wahrscheinlich habe ich ohnehin schon wieder zu viel geredet."

„Ich werde nichts davon weitererzählen", versprach Holly. „Darauf können Sie sich verlassen."

Fran schien erleichtert. „Das weiß ich. Es geht nur darum, dass schon die Andeutung eines Skandals ausreichen würde, um die Chancen meines Bruders für die Olympiamannschaft zu ruinieren. Das würde meine Mutter verzweifeln lassen. Sie lebt nur noch dafür zu sehen, wie ihr Traum in Erfüllung geht."

„Ja, ich verstehe“, sagte Holly leise. Sie wartete darauf, dass Fran weitersprach, doch Fran biss sich auf die Lippe und schien mit sich zu ringen, ob sie noch etwas sagen sollte oder nicht. Holly hatte den Eindruck, als hätte sie ihre Probleme nur allzu gern mit jemandem besprochen. Sicher war sie einsam: Sich nur um den Bruder und die gelähmte Mutter zu kümmern, war einfach kein Leben für eine junge Frau.

Fran sah aus, als wollte sie noch weitersprechen, änderte dann aber plötzlich ihre Meinung. Sie verabschiedete sich schroff von Holly und öffnete ihr die Haustür.

Holly störte das nicht. Auf dem Rückweg zum Tor stieß sie einen gedämpften Freudenschrei aus. Fran hatte ihr zwar keine Einzelheiten anvertraut, aber zumindest hatte sie erfahren, dass Grant schon öfter in Schwierigkeiten gesteckt hatte. Vielleicht konnte der Mystery Club mit dieser Information herausfinden, warum er abstritt, den Pferdedieb gesehen zu haben.

„Ich habe es geschafft“, rief sie in den Himmel. „Ich habe es wirklich geschafft!“ Dann setzte jedoch die Ernüchterung ein. „Nun ja, zumindest beinahe“, fügte sie grinsend hinzu. Holly sauste zu Belindas Haus zurück, so schnell sie konnte, um den Freundinnen von ihren neuen Erkenntnissen zu berichten.

Belinda war von oben bis unten voller Kuchenteig. Der Küchentisch war mit Mehl bedeckt und Eierschalen lagen auf dem Fußboden. Belinda schob gerade eine riesige Kuchenform in den Ofen. „Ich bin fertig“, verkündete sie tri-

umphierend, als Holly hereinkam. „Du kannst den Abwasch machen und ich werde Milton putzen, bis die Leute vom Partyservice hier sind."
„Nein ... warte", keuchte Holly atemlos. „Wo ist Tracy?"
„Sie ist mit Kurt weggegangen, um ihm ein Kostüm für heute Abend zu besorgen", berichtete Belinda. Kurt Welford war Tracys Freund, dessen Leidenschaft das Fotografieren war. Er machte sehr oft Aufnahmen für seinen Vater, der Herausgeber des *Tageblattes* von Willow Dale war.
„Das macht nichts, ich kann es ihr auch später erzählen", entschied Holly. „Aber du wirst staunen, wenn du erfährst, was ich herausgefunden habe!"
Als sie Belinda berichtet hatte, was Fran ihr über Grants Probleme und die Notwendigkeit, Mrs D'Angelo vor jeder Andeutung eines Skandals zu beschützen, gesagt hatte, schien Belinda nicht sonderlich beeindruckt.
„Viel ist das nicht gerade."
Holly war enttäuscht. „Aber zumindest wissen wir jetzt, dass er eine dunkle Vergangenheit hat."
Belinda war nicht ihrer Ansicht. „Das würde ich nicht so sagen. Schließlich ist er nicht gerade ein Bankräuber oder ein Drogenschmuggler oder so etwas."
Holly musste lächeln. „Nein, wohl nicht."
„Ich glaube nicht", fuhr Belinda fort, „dass Fran uns noch mehr verraten wird. Es hört sich an, als wäre sie ohnehin schon der Meinung, zu viel gesagt zu haben."
„Das stimmt", sagte Holly.
Belinda stemmte die Hände in die Hüften. „Aber von wem sollen wir unsere Informationen denn dann bekommen?"

Holly zuckte die Achseln. „Keine Ahnung", erwiderte sie unglücklich. Holly hasste Probleme, für die es keine Lösung zu geben schien. „Ich hatte allerdings das Gefühl, dass sie mir gern ihr Herz ausgeschüttet hätte."

„Schade, dass ihr unterbrochen wurdet", bemerkte Belinda nachdenklich.

Holly begann, am stumpfen Ende ihres Bleistifts herumzunagen. „Ich frage mich ...", begann sie.

Belinda wischte sich etwas Mehl von der Wange. „Was denn?"

„Ich frage mich, ob noch jemand von Grants Schwierigkeiten weiß. Jemand wie zum Beispiel dieser Lastwagenfahrer. Jemand, der vielleicht damit droht, Grants Mutter alles zu erzählen."

Belinda machte ein nachdenkliches Gesicht. „Meinst du damit, dass Grant erpresst werden könnte?"

„Allerdings!", stellte Holly fest. „Genau das meine ich!"

„Wäre möglich", murmelte Belinda und knabberte an einem Fingernagel. „Ob Grants Probleme etwas mit Pferdewetten zu tun haben? Du erinnerst dich doch noch an die Wettscheine in seiner Jackentasche, oder?"

Holly grinste breit und ihre Augen leuchteten vor Aufregung. „Und ob ich mich an sie erinnere!"

„Jippie!", rief Belinda. „Der Mystery Club hat es wieder einmal geschafft! Ich freue mich schon darauf, Tracy alles zu erzählen!"

Kapitel 6

Schrecken in der Nacht

„Wie sehe ich aus?“, fragte Holly später, nachdem die Mädchen sich für die Party umgezogen hatten. Sie drehte sich in ihrem Miss-Marple-Kostüm einmal um sich selbst.

„Spitze!“ Belinda, als Vogelscheuche verkleidet, hatte sich für eine alte, abgetragene Hose und ein zerrissenes Hemd entschieden. Sie zog eine große, in Zeitungspapier gewickelte Futterrübe unter ihrem Bett hervor. Mit Filzstift hatte sie ihr ein Gesicht gemalt und oben mit Heftklammern etwas von Miltons Stroh befestigt. „Ich habe mir vorhin einen Ersatzkopf gebastelt. Wie findest du ihn?“

„Toll“, sagte Holly grinsend. „Die Frisur sitzt perfekt. Aber wozu brauchst du einen Ersatzkopf?“

„Weißt du denn gar nichts?“, fragte Belinda herablassend. „Jede Vogelscheuche, die etwas auf sich hält, hat einen Ersatzkopf – für den Fall, dass der echte Kopf abfällt.“

„Oh, entschuldige bitte!“, antwortete Holly. Sie zeigte auf

die Rübe. „Wenn ich ehrlich bin, gefällt mir der Ersatz besser als das Original!"
Belinda streckte ihr die Zunge heraus. „Vielen Dank!"
Tracy kam in ihren Laufshorts, strahlend weißen Turnschuhen und einem Sporthemd, an dem vorn und hinten Startnummern festgesteckt waren, herein. Sie wirbelte vor den Freundinnen herum und spannte die Armmuskeln. „Na, wie findet ihr mich?"
Holly und Belinda kicherten. „Du siehst aus wie immer", sagte Holly.
„Tatsächlich?", fragte Tracy fröhlich. „Wer weiß, vielleicht bin ich eines Tages wirklich eine berühmte Sportlerin!"
Belinda verdrehte die Augen. „Wenigstens sieht man bei mir sofort, dass ich ein Kostüm trage!"
„Darauf würde ich nicht wetten", kicherte Holly. Das alte Hemd und die Hose unterschieden sich wirklich nicht sehr von dem schäbigen Sweatshirt und den Jeans, die Belinda gewöhnlich trug.
„Da wir gerade vom Wetten sprechen", sagte Belinda. „Ich hoffe nur, dass Grant wirklich kommt. Ich möchte unbedingt mehr über Beauty hören."
„Wollen wir die Wettscheine erwähnen?", fragte Tracy.
„Darüber habe ich auch schon nachgedacht", meinte Holly. „Ich glaube, es wäre das Beste, wenn wir sie ihm einfach zurückgeben und warten, wie er reagiert."
„Und was ist mit dem Lastwagenfahrer?", fragte Tracy. „Sollen wir ihn darauf ansprechen?"
Holly überlegte. „Wenn er vor der Polizei bestritten hat, den Kerl zu kennen, wird er es vor uns bestimmt nicht zugeben."

„Wir könnten es einfach erwähnen“, schlug Tracy vor. „Dann werden wir sehen, wie er darauf reagiert.“

„Das dürfte ein spannender Abend werden, meinst du nicht, Miss Marple?“, sagte Belinda.

„Durchaus möglich“, erwiderte Holly mit geheimnisvoller Stimme. „Das wird sich erweisen.“

Die drei Freundinnen gingen die Treppe hinunter in die Küche. Die Lieferanten vom Partyservice hatten das Büfett auf dem Küchentisch aufgebaut und Miltons Kuchen stand in der Mitte. Belinda hatte ihm eigentlich die Form eines Hufeisens geben wollen, doch er hatte mehr Ähnlichkeit mit einer fetten, gebogenen Wurst und war mit unappetitlichem goldfarbenem Zuckerguss überzogen.

„Das soll ihn dazu anregen, die Springprüfung zu gewinnen“, verkündete sie stolz. „Die Siegerschleife ist schließlich auch golden.“ Sie drehte sich zu den anderen um. „Sieht lecker aus, findet ihr nicht?“

„Ich finde, der Kuchen sieht aus wie eine golden angestrichene Wurst!“, platzte Tracy heraus.

„Vielen Dank!“ Belinda kratzte mit der Fingerspitze etwas von dem Zuckerguss ab. Sie steckte den Finger in den Mund und schmatzte. „Schmeckt prima!“

Kurt war der erste Gast. Er trug ein flauschiges gelbes Teddybärkostüm mit einer riesigen, rot getupften Fliege um den Hals. Die drei Freundinnen brachen in Gelächter aus.

„Du siehst toll aus!“ Tracy gab ihm einen Kuss auf die Wange.

Kurt schob die Teddymaske zurück und wischte sich über die Stirn. Sein blondes Haar stand ab wie die Borsten einer

Bürste. „Hier drin ist es so heiß wie in einer Sauna!“, stöhnte er grinsend.
Tracy packte seinen Arm. „Du wirst es überleben. Aber nun komm und hilf mir, die Musik auszusuchen.“ Sie verschwand mit ihm im Wohnzimmer.
Eine halbe Stunde später war das Zimmer voll mit kostümierten Gästen. In einer Ecke unterhielt sich Batman mit Aschenputtel und auf dem Sofa waren Dracula und Schneewittchen in ein ernstes Gespräch vertieft.
Grant kam als Letzter. Holly öffnete ihm die Tür.
„Hallo!“ Er trug seine Reitsachen. „Nicht sehr originell“, gab er zu. „Mir ist so schnell nichts Besseres eingefallen.“
„Das macht doch nichts.“ Belinda drängte sich an Holly vorbei. Sie trug ihren Ersatzkopf unter dem Arm und hielt einen vollen Teller in der Hand. „Komm herein und nimm dir etwas zu essen. Ich brenne darauf, mehr über dein Pferd zu erfahren.“
Belinda führte Grant in die Küche. Holly folgte den beiden.
„Ich würde gern Milton besuchen, wenn ich schon einmal hier bin“, sagte Grant und nahm sich ein Würstchen. „Ich hatte neulich wegen Kellys Sturz gar keine Gelegenheit, ihn mir genau anzusehen. Zeigst du ihn mir, Belinda?“
Belinda stellte ihren Teller ab. Sie hatte noch nie eine Gelegenheit ausgeschlagen, ihr geliebtes Pferd vorzuführen.
„Klar“, sagte sie. „Wir können jetzt gleich zu ihm gehen und dann stelle ich dich den anderen Gästen vor. Ich wollte dich schon nach Kelly fragen. Geht es ihr besser?“
„Ja“, sagte Grant. „Sie hat zum Glück nur eine leichte Gehirnerschütterung.“

„Wenn es euch nichts ausmacht, komme ich mit in den Stall." Holly grinste Grant an. „Wie findest du mein Kostüm?"
Grant schmunzelte.
„Das Jackett kommt mir irgendwie bekannt vor. Eigentlich hatte ich es für den Flohmarkt gespendet."
„Wir haben schon vermutet, dass du es wiedererkennen würdest." Holly zog die Wettscheine aus der Tasche. „Hier, das gehört wohl dir."
Eine tiefe Röte überzog Grants Gesicht und er nahm Holly schnell die Scheine aus der Hand. Seine Augen verengten sich zu schmalen Schlitzen.
„Woher hast du die?", fragte er eisig.
„Die Wettscheine waren in der Jackentasche. Warum, sind sie wichtig?", fragte Holly so harmlos und unschuldig sie nur konnte.
Grant fand seine Fassung schnell wieder. „Nein, eigentlich nicht." Er lächelte verlegen, knüllte die Wettscheine zusammen und warf sie in den Mülleimer. „Nur ein paar kleine Wetten auf dem Rennplatz, das ist alles."
„Klein!", stieß Tracy hervor. Sie und Kurt standen an der Tür und hatten alles mitangehört. „Das waren mindestens hundert Pfund!"
Alle drehten sich zu ihr um. Grant wurde wieder rot. „Du hast es nachgerechnet?", fragte er und hob missbilligend die Brauen.
Nun wurde Tracy rot. „Ja … in gewisser Weise schon."
Grant zuckte mit den Achseln. „Überlegt nur, was ich gewonnen hätte, wenn eines dieser Pferde gesiegt hätte. Wie

sieht es aus, Belinda? Bekomme ich nun dein Pferd zu sehen, oder nicht?" Er versuchte, das Thema zu wechseln.
„Wir kommen mit", verkündete Tracy schnell. Sie wollte auf keinen Fall etwas verpassen.
Draußen war es schon fast dunkel. Am Himmel hing eine dichte Wolkendecke und es blies ein kräftiger Wind. Belinda schaltete die Außenbeleuchtung ein und nahm den Stallschlüssel von seinem Haken in der Futterkammer.
„Nachts schließen wir Miltons Box immer ab", erklärte sie Grant. „Bei einem so großartigen Pferd kann man gar nicht vorsichtig genug sein."
„Hast du von dem Pferdediebstahl auf der Snowdrop Farm gehört?", fragte Holly Grant beiläufig. „Schrecklich, nicht wahr? Es heißt, der Diebstahl wäre einfach so am helllichten Tag passiert."
Falls Holly gehofft hatte, auf diese Weise etwas aus Grant herauszulocken, wurde sie enttäuscht. Er nickte: „Ja, eine furchtbare Geschichte."
„Mein Vater hat diese Woche darüber in seiner Zeitung berichtet", sagte Kurt. „Offenbar hat die Polizei noch keine Spur von dem Täter."
„Tatsächlich nicht?", fragte Grant. „Das ist ja interessant."
Milton wieherte zur Begrüßung, als sie den Stall betraten. Belinda legte ihren Rüben-Ersatzkopf vor die Boxentür und schlang ihrem Pferd die Arme um den Hals.
„Er ist wirklich klasse", sagte Grant und zupfte Milton liebevoll am Ohr.
„Er ist mehr als das", verkündete Belinda stolz. „Er ist das beste Pferd der Welt!"

Grant strich dem Pferd mit der Hand über die Flanken und die Beine. „Er scheint topfit zu sein."
„Das ist er auch", bestätigte Belinda stolz. „Schließlich gibt es im ganzen Land kein Pferd, das besser gepflegt wird. Stimmt's nicht, mein Liebling?" Milton stupste ihr mit der Nase gegen die Schulter.
„Du solltest deine Haare genauso oft kämmen wie seine", schlug Tracy lächelnd vor und streichelte Miltons seidige Mähne.
Grant ging hinaus, um sich den Rest der Stallanlage anzusehen. Er schaute auch in die leer stehende Pferdebox, in der Miltons Heuvorrat gestapelt war.
„Du hast hier einen schönen kleinen Stall, Belinda. Reiten deine Eltern auch?"
Belinda prustete los und drehte sich zu Holly um. „Kannst du dir meine Mutter auf einem Pferd vorstellen?"
„Das würde ihre Frisur ruinieren!", kicherte Holly.
Belinda klopfte Milton zum Abschied noch einmal sanft den Hals. Dann schloss sie die Tür ab und hängte den Schlüssel wieder an seinen Haken.
„Kommt, gehen wir zurück, bevor die anderen das Büfett vollständig geplündert haben!"
Sie gingen über den Kiesweg zurück ins Haus. Die Party war in vollem Gang. Im Wohnzimmer wurde getanzt. Am Türrahmen lehnte ein Junge im Kostüm eines römischen Kaisers und trank Cola, und auf der Treppe saßen Maid Marion und Robin Hood und unterhielten sich.
„Tolle Party", sagte Robin Hood und zog seinen Hut vor Belinda.

„Ist noch etwas zu essen da?“, fragte Belinda.
„Massenhaft“, sagte Maid Marion. „Bisher hat auch noch niemand den Mut aufgebracht, deinen Kuchen zu probieren, Belinda.“
„Dann werden wir eben die Ersten sein.“ Belinda führte Grant wieder in die Küche. „Ich habe ihn selbst gebacken!“, verkündete sie stolz.

Um Mitternacht waren alle fort. Belinda ließ sich aufs Sofa sinken. Tracy hatte schon aufgeräumt und stapelte gerade das Geschirr in die Spülmaschine. Obwohl sie stundenlang getanzt hatte, steckte sie noch immer voller Energie.
Belinda gähnte. „Grant hat sich nicht viel anmerken lassen, als du ihm die Wettscheine gegeben hast.“
„Den Eindruck hatte ich auch“, bestätigte Tracy, die gerade aus der Küche kam.
„Habt ihr denn nicht gesehen, wie rot er geworden ist?“, fragte Holly. „Er hatte sich zwar schnell wieder im Griff, aber peinlich war es ihm auf jeden Fall.“
„Aber nicht, als wir von dem gestohlenen Pferd angefangen haben“, bemerkte Belinda. „Da ist er cool geblieben.“
„Vielleicht hat er viel Übung darin“, sagte Tracy.
„Wie meinst du das?“, wollte Holly wissen.
„Wenn er daran gewöhnt ist, seine Aktivitäten vor seiner Mutter geheim zu halten, fällt ihm die eine oder andere Notlüge bestimmt nicht schwer. Fran sicher auch nicht. Also, meine Mutter merkt es immer, wenn ich nicht die Wahrheit sage.“

„Meine auch“, sagte Belinda. „Leider.“
„Und wie bringt uns das weiter?“, fragte Holly.
„Gar nicht. Wir wissen nicht mehr als vorher“, stellte Belinda fest und gähnte. „Lasst uns morgen Früh weiter überlegen, okay? Ich bin todmüde.“ Sie schlurfte auf die Treppe zu. „Gute Nacht, ihr beiden.“

Es schien ewig zu dauern, bis Holly endlich einschlafen konnte. Der Wind pfiff ums Haus und heulte in den Fallrohren, und Holly hatte immer noch die Partymusik im Ohr. Schließlich schlief sie aber doch ein.
Plötzlich schrak sie hoch. Sie hatte draußen ein Geräusch gehört. Was war das? Eine im Wind schlagende Tür? Ein Ast, der auf das Garagendach schlug? Regungslos lag sie im Bett und wagte kaum zu atmen. In einer stürmischen Nacht wie dieser war es einfach, sich alle möglichen schrecklichen Dinge auszumalen. Ihr Herz schlug wie eine Trommel.
Der Wind heulte noch immer übers Dach. Wahrscheinlich war sie davon aufgewacht. Oder vielleicht doch nicht? Holly beschloss, der Sache auf den Grund zu gehen. Sie schlüpfte aus dem Bett und schlich auf Zehenspitzen zum Fenster.
Im ganzen Garten tanzten unheimliche Schatten und ein Teil des Gartenzauns war aus der Verankerung gerissen. Vielleicht hatte sie dieses Geräusch geweckt. In diesem Augenblick kam der Mond hinter einer Wolke hervor, und Holly stockte der Atem. Da draußen war *wirklich* etwas, und zwar im Stall. Sie sah einen Schatten, der sich eindeutig bewegte.

Ihr schlug das Herz bis zum Hals. Wer schlich um diese Zeit in Belindas Pferdestall herum? Sie beschloss, hinauszugehen und nachzusehen.

Hastig schlüpfte sie in Morgenmantel und Hausschuhe. Sie schlich zu den Zimmern ihrer Freundinnen, doch beide schliefen fest. Holly wollte sie nicht wecken, vielleicht hatte sie sich alles nur eingebildet. Außerdem war es schon unter normalen Umständen schwer, Belinda wach zu kriegen. Es hatte keinen Sinn – sie würde allein gehen müssen.

Holly holte eine Taschenlampe aus der Küche und schlich in den Garten. Es regnete nicht mehr. Sie rannte in Richtung Stall. Die Büsche und Bäume schienen nach ihr zu greifen und in jedem tanzenden Schatten sah sie eine Bedrohung. Plötzlich wünschte sie sich, im Bett geblieben zu sein. Es war verrückt, im Stockdunkeln nach etwas zu suchen, das vermutlich ohnehin nur in ihrer Einbildung existierte.

Holly richtete die Taschenlampe auf Miltons Box. Sie war fest verschlossen. Holly holte tief Luft. Die Tür zu dem Raum, in dem das Heu gelagert wurde, schwang im Wind hin und her. Belinda hatte sie nicht richtig verschlossen. Das musste es gewesen sein, was Holly vom Fenster aus gesehen hatte. Sie trat vor, um die Tür zu schließen, doch plötzlich ging die Taschenlampe aus. Holly schüttelte sie und klopfte sie gegen ihr Bein. Die Batterie musste leer sein, denn das Licht ging nicht wieder an. Zu ihrem Entsetzen hörte Holly plötzlich Schritte hinter sich. Noch bevor sie sich umsehen konnte, versetzte ihr jemand einen heftigen Stoß in den Rücken. Mit einem Aufschrei stürzte Holly kopfüber in die leer stehende Box. Die Taschenlampe flog ihr aus der Hand und

Holly landete in einem Stapel Heuballen. Sie sprang wieder auf, doch es war zu spät. Jemand hatte die Stalltür hinter ihr zugeschlagen, den Riegel mit einem Ruck zugezogen und rannte davon. Holly saß in der Falle!

Kapitel 7

Eine verschlossene Tür

Holly stürzte zur Tür und hämmerte mit den Fäusten dagegen.

„Belinda!“, brüllte sie, so laut sie konnte. „Tracy! Hilfe!“

Doch dann gab sie es auf. Es war hoffnungslos – die beiden würden sie niemals hören. Sie würde bis zum Morgen warten müssen und konnte nur hoffen, dass ihre Freundinnen nach ihr suchen würden. Aber wer war bloß der Einbrecher im Pferdestall gewesen?

Holly saß niedergeschlagen auf einem Strohballen, als plötzlich der Riegel zurückgezogen wurde und zwei blasse Gesichter in die Box schauten. Holly wurde vom hellen Licht einer Taschenlampe geblendet.

„Holly!“ Belinda klang verärgert. „Was um alles in der Welt machst du denn hier?“

Holly sprang auf. „Ich dachte, ich hätte draußen jemanden herumschleichen sehen“, berichtete sie hastig. „Und als ich nachsehen ging, wurde ich hier hineingestoßen!“

Tracy und Belinda sahen einander an und brachen in Gelächter aus.

„Das ist gar nicht lustig", empörte sich Holly. „Ich bin vor Angst fast gestorben."

„Oh, Holly! Das war *ich!*", rief Belinda aus. „Ich dachte, *du* wärst der Einbrecher."

„Ich?", rief Holly. „Aber ..."

Belinda zog sie mit sich. „Lass uns ins Haus gehen, dann erkläre ich dir alles."

Wenige Minuten später saßen die drei in der Küche und tranken dampfend heiße Schokolade.

„Ich bin plötzlich hochgeschreckt", berichtete Belinda. „Wahrscheinlich, als du die Hintertür zugemacht hast. Ich habe draußen jemanden gesehen, der mit einer Taschenlampe herumschlich. Als ich dann in den Garten kam, ging die Taschenlampe aus, und ich konnte vor dem Stall jemanden erkennen. Ich dachte, es wäre das Beste, den Eindringling in die Box zu schubsen und dann euch beide zu wecken. Aber als ich in dein Zimmer kam, warst du nicht da. Da wurde mir klar, dass ich vermutlich dich im Stall eingesperrt hatte!" Belinda nahm ihre Brille ab und polierte sie am Ärmel ihres Bademantels. „Tut mir Leid, Holly."

„Ich weiß ja, dass ich über Miltons Kuchen gelästert habe, aber ich habe nicht erwartet, dass du das so persönlich nehmen würdest", sagte Holly lachend. „Tatsache ist aber", fuhr sie fort, „dass ich draußen wirklich etwas gesehen habe. Es war nur die Tür, die vom Wind bewegt wurde."

„Du hast zu viele Krimis gelesen", sagte Belinda. „Wenn dir ein Fensterputzer mit seiner Leiter begegnet, denkst du, er wäre ein Einbrecher." Sie gähnte. „Diese ganze Aufregung hat mich hundemüde gemacht. Ich gehe wieder ins Bett. Ihr auch?"

Holly folgte den anderen nach oben. Obwohl nun alles geklärt schien, hatte sie doch ein ungutes Gefühl.

Am Morgen schreckte Holly abermals hoch. Sie drehte sich um und schaute auf den Wecker. Es war schon halb acht, doch es kam ihr vor, als wären seit ihrem nächtlichen Erkundungsgang durch den Garten erst wenige Minuten vergangen.

Draußen machte jemand einen fürchterlichen Lärm und schrie, als drohte ihm eine schreckliche Gefahr. Holly sprang aus dem Bett und hechtete zum Fenster. Belinda stand unten im Garten. Ihr Haar war zerwühlt und ihr Gesicht bleich und angstverzerrt.

Holly stieß das Fenster auf. „Belinda?", rief sie. „Was ist los?"

„Milton ist weg!", schrie Belinda.

Als Holly über den oberen Flur sauste, traf sie Tracy. „Was ist das für ein Geschrei?", fragte Tracy erschrocken.

„Es ist Belinda", sagte Holly knapp. „Milton ist verschwunden."

Draußen rannte Belinda bereits wieder zurück zum Stall und Holly und Tracy eilten ihr nach. Sie hatten Belinda noch nie so schnell rennen sehen.

Die Tür von Miltons Box stand weit offen. Belinda lief wie betäubt im Kreis herum und jammerte: „Er ist weg, er ist weg!"
„Soll das ein Witz sein?", fragte Tracy.
„Sieht es etwa so aus?", fauchte Belinda sie mit tränenüberströmtem Gesicht an.
„Nein", gab Tracy traurig zu. Sie schaute in Miltons leere Box.
Belinda raufte sich die Haare und Tränen liefen über ihr Gesicht. „Ich wollte ihn auf die Weide bringen, aber die Box war leer", berichtete sie schluchzend.
„Aber als wir letzte Nacht hier waren, war er noch da", sagte Holly.
„Wirklich?" Belinda wischte sich mit dem Ärmel ihres Sweatshirts die Tränen ab. „Das wissen wir doch gar nicht. Die Tür war zwar geschlossen, aber als ich heute Morgen den Schlüssel holen wollte, war er verschwunden. Er steckte im Schloss – seht doch!"
Tatsächlich, das Vorhängeschloss hing noch immer an der Tür, doch es war offen, und der Schlüssel steckte.
„Meinst du damit, dass er schon weg gewesen sein könnte, als wir heute Nacht hier waren?", fragte Tracy. „Das ist doch verrückt!"
Holly schüttelte den Kopf. „Ich bin einfach davon ausgegangen, dass er in seiner Box ist. Tut mir Leid, Belinda."
„Das habe ich doch auch angenommen. Ich hätte nachsehen müssen." Belinda brach erneut in Tränen aus. „Was sollen wir denn jetzt tun?"
„Die Polizei anrufen!" Tracy rannte schon auf das Haus zu.

Bis die Polizei kam, versuchten die beiden Mädchen, Belinda zu beruhigen. Zehn Minuten später erschien eine Polizistin und kurz darauf Mr Adams und Jamie. Holly hatte ihren Vater sofort angerufen, nachdem Tracy mit der Polizei telefoniert hatte.

Die Polizistin stellte sich vor. „Ich bin Inspektor Hadcroft", sagte sie. „Ich bin für die Pferdediebstähle zuständig."

Sie gingen wieder hinaus zum Stall und die Polizistin zückte ihr Notizbuch.

„Hast du etwas angefasst?", fragte sie Belinda.

„Nur die Stalltür, als ich sie heute Morgen geöffnet habe", schniefte Belinda. „Ich verstehe nicht, warum wir die Hufschläge auf dem Kiesweg nicht gehört haben", jammerte sie. „Man kann mit einem Pferdeanhänger nicht bis vor den Stall fahren, und das bedeutet, dass die Diebe ihn direkt am Haus vorbeigeführt haben müssen!"

„Bist du sicher, dass die Stalltür abgeschlossen war, als du heute Nacht hier draußen warst?", fragte die Polizistin Holly.

Holly schüttelte den Kopf. „Sie war geschlossen, und da habe ich angenommen, dass sie auch abgeschlossen war."

Jamie war zu einer Expedition rund um den Pferdestall aufgebrochen. Als er zurückkam, hatte er die Fetzen von einem alten Sack und eine orangefarbene Kordel in der Hand. Er setzte sich auf den Koppelzaun und übte Knoten.

„Was hast du da, Jamie?" Tracy ging zu ihm hinüber.

Jamie versteckte seinen Fund hinter dem Rücken. „Nichts. Außerdem habe ich es gefunden."

Tracy runzelte die Stirn. Manchmal war Hollys kleiner Bruder wirklich eine Plage.

„Nun zeig Tracy schon, was du da hast", rief Mr Adams.
Die Inspektorin sah sich in der leeren Box um, in der Belinda ihren Heuvorrat lagerte.
„Es sind nur ein paar Stücke von einem alten Sack und etwas Schnur." Jamie wickelte sich einen der Sackfetzen um die Hand und tat so, als wäre er eine Handpuppe.
Tracy musste lächeln. Jamie konnte zwar eine echte Nervensäge sein, doch manchmal brachte er einen auch zum Lachen.
Plötzlich hatte Jamie eine Idee. „Gehören die Sachen dir, Belinda?"
Belinda schüttelte den Kopf. „Nein, ich habe sie noch nie gesehen."
„Dann hat sie bestimmt der Pferdedieb mitgebracht."
„Was spinnst du dir denn nun schon wieder zurecht?", schimpfte Holly gereizt.
Jamie fuchtelte aufgeregt mit seinem Fund. „Diese Stücke von einem Sack, so etwas habe ich schon im Fernsehen gesehen. In dem Film haben die Viehdiebe den Pferden auch Säcke um die Hufe gebunden, um den Lärm zu dämpfen."
Er streifte sich eines der Stücke über einen Schuh und sprang vom Zaun, um seine Theorie zu demonstrieren.
Die Inspektorin kam aus der leeren Box. „Das könnte stimmen. Der Trick ist nicht neu. Lass mich die Sachen einmal sehen."
Jamie reichte ihr die Sackfetzen. „Bäh", sagte er zu Holly und streckte ihr die Zunge heraus. „Ich bin eben doch der bessere Detektiv. Ihr habt euch ja nicht einmal die Mühe gemacht, nach Hinweisen zu suchen."

„Nun hör aber auf", sagte Holly empört. „Immerhin haben wir den Diebstahl erst vor einer Viertelstunde bemerkt."

Die Inspektorin betrachtete die groben Stoffreste. „Sie scheinen von einem ganz gewöhnlichen Jutesack zu stammen", stellte sie fest. „Aber ich werde sie mitnehmen und an das Labor in Sheffield schicken. Vielleicht finden die Techniker etwas. Außerdem werde ich so bald wie möglich jemanden herschicken, der hier nach Fingerabdrücken sucht."

„Glauben Sie, dass es derselbe Dieb war, der auch das andere Pferd gestohlen hat?", fragte Holly.

Die Inspektorin überlegte kurz. „Das würde mich wirklich nicht wundern. Und bei zwei Diebstählen in so kurzer Zeit müssen wir wohl davon ausgehen, dass wir es mit Profis zu tun haben."

„Haben Sie denn schon etwas über das gestohlene Pferd der Maylams herausgefunden?", fragte Belinda flehentlich.

Die Inspektorin schüttelte den Kopf. „Leider nicht. Da fällt mir ein – weiß außer deinen Freundinnen und deiner Familie noch jemand, wo du den Stallschlüssel aufbewahrst?"

Belinda schüttelte langsam den Kopf. „Nein, ich glaube nicht."

„Doch, natürlich", warf Holly ein. „Grant! Er war gestern Abend dabei, als du Miltons Box aufgeschlossen hast. Er hat genau gesehen, wo der Schlüssel hängt."

Die Polizistin horchte auf. „Wer?"

„Grant D'Angelo", sagte Holly. „Er ist ein Bekannter von uns und arbeitet in der Reitschule von Willow Dale."

„Ah, ja", sagte die Inspektorin und machte sich Notizen. „Und wo wohnt dieser Mr D'Angelo?"

Holly gab ihr die Adresse.
„Nun gut“, sagte die Inspektorin und klappte ihr Notizbuch zu. „Ich werde Mr D’Angelo einen Besuch abstatten. Fällt euch sonst noch jemand ein?“
„Kurt“, sagte Belinda plötzlich. „Er war gestern auch hier.“ Belinda berichtete der Polizistin von Kurt.
„Aber Kurt kann es auf keinen Fall gewesen sein“, wendete Tracy ein.
„Nein, wohl nicht“, sagte Belinda. „Er weiß ja nicht einmal, welches Ende vom Pferd Hafer frisst.“
„Trotzdem müssen wir alle Möglichkeiten in Betracht ziehen“, sagte die Polizistin und notierte sich Kurts Namen und Adresse.
„Hier in der Gegend gibt es viele Leute, die Pferde halten“, bemerkte Holly. „Wenn es wirklich eine Bande von Profis ist, sollten sie ein wachsames Auge auf ihre Tiere halten.“
„Da hast du Recht“, stimmte die Inspektorin ihr zu. „Sie müssen gewarnt werden, zumal wir bisher noch keine heiße Spur haben.“ Sie sah Belinda an. „Du solltest deine Eltern anrufen und ihnen sagen, was passiert ist.“
Als die drei wieder im Haus waren, rief Belinda ihre Eltern an.
„Sie kommen zurück, so schnell es geht“, berichtete sie wenige Minuten später. Sie ließ sich aufs Sofa fallen. „Meine Mutter ist außer sich und mein Dad stinksauer.“
Mr Adams stand auf. „Komm, Jamie, wir können hier nichts mehr tun. Möchtet ihr nicht lieber mit zu uns kommen?“
Belinda schüttelte unglücklich den Kopf. „Nein, danke. Ich möchte hierbleiben, für den Fall, dass die Polizei anruft.“

Mr Adams tätschelte ihr die Schulter. „Mach dir keine Sorgen. Ich bin sicher, dass sie ihn finden."
„Ich nicht!", stöhnte Belinda. „Er kann schon meilenweit weg sein. Der arme Milton. Die wissen doch gar nicht, was er zu fressen bekommen muss." Wieder traten ihr Tränen in die Augen. Holly legte ihr einen Arm um die Schultern.
„Mach dir keine Sorgen", sagte sie tröstend. „Ich bin sicher, dass es ihm gut geht. Pferde werden schließlich gestohlen, weil sie wertvoll sind, und die Diebe wissen sicher, wie sie versorgt werden müssen."
Belinda schniefte und griff nach einem Taschentuch. „Ich hoffe, du hast Recht."
Als Mr Adams gegangen war, holte Holly das rote Mystery-Club-Notizbuch hervor und notierte ein paar Einzelheiten über den Diebstahl.
„Ich habe der Inspektorin zwar nichts gesagt", bemerkte sie, „aber das Ganze *muss* etwas mit Grant und dem Mann in dem Lastwagen zu tun haben. Das kann kein Zufall sein."
„Das habe ich auch schon gedacht", sagte Tracy.
Belinda sah die beiden mit vom Weinen geröteten Augen an. „Ich auch", sagte sie kläglich. „Aber was nützt uns das?"

Kapitel 8

Eine überraschende Erklärung

Wenige Stunden später kam Belindas Mutter in einer Wolke aus Seidenschals und teurem französischen Parfüm zur Tür herein. Sie nahm ihre Tochter in die Arme. „Liebling, wie geht es dir? Was glaubst du, wer hat ihn gestohlen? Was hat die Polizei gesagt?"
Belinda befreite sich aus der Umarmung und sah noch zerzauster aus als sonst. Sie rückte ihre Brille zurecht.
„Immer der Reihe nach, Mom", sagte sie. „Wo ist Dad?"
Mrs Hayes machte ein missbilligendes Gesicht. „Er konnte nicht mitkommen. Er muss erst noch zwei Verträge abschließen, aber er kommt gleich morgen Früh. Belinda, wer hat bloß den armen Milton gestohlen?"
Belinda verdrehte ihre Augen. „Wenn wir das wüssten, würden wir wohl kaum hier herumstehen."
Draußen hupte ein Auto. Mrs Hayes verzog erneut das Gesicht und öffnete ihre Handtasche. Sie zog einen Zwanzigpfundschein heraus und drückte ihn Holly in die Hand.

„Gib das bitte dem Taxifahrer, Holly. Sag ihm, er kann den Rest behalten."

Sie nahm Belinda am Arm und zog sie mit sich ins Wohnzimmer. Tracy folgte ihnen. „So, jetzt erzählt mir alles der Reihe nach."

Die Mädchen berichteten, was sie wussten.

„Also dieser Grant *D'Angelo* ..." Mrs Hayes besaß die Fähigkeit, ihre Meinung über jemanden allein durch ihren Tonfall kundzutun. „Er kann nichts damit zu tun haben. Er wohnt doch in diesem bildhübschen Bungalow am Flussufer. Ich kenne die Familie zwar nicht persönlich, aber ich bin sicher, dass sie über jeden Zweifel erhaben ist. Die Polizei wird sich einen anderen Verdächtigen suchen müssen." Sie stand auf und strich ihren Cashmere-Pullover glatt. „Ich werde gleich bei der Polizei anrufen und fragen, was sie zu unternehmen gedenkt, um diesen Verbrechern das Handwerk zu legen."

Belinda versuchte zu protestieren, doch Mrs Hayes wählte schon die Nummer des Polizeireviers. Belinda stöhnte. Ihre Mutter würde nur erreichen, dass eine ganze Horde von Polizisten in ihren Stall einfiel. Und *dort* nachzusehen, war sinnlos. Viel wichtiger war es, den Mann mit dem blauen Lastwagen zu finden.

Die drei Mädchen zogen sich in Belindas Zimmer zurück. Holly schob einen Haufen Pferdezeitschriften und schmutzige Socken beiseite und setzte sich auf einen Sessel.

„Nun los, ihr beiden", sagte sie ungeduldig nach einigen Minuten Schweigen. „Ihr müsst doch eine Idee haben."

Belinda starrte verzweifelt aus dem Fenster. „Wir müssen

diesen Laster finden“, sagte sie mit tonloser Stimme. „Aber das ist, als wollten wir eine Nadel im Heuhaufen suchen!“

Tracy saß im Schneidersitz auf dem Bett. Sie wickelte eine Haarsträhne um ihren Finger und dachte nach. „Eine Nadel im Heuhaufen ...“, wiederholte sie langsam.

„Was?“, fragte Belinda und drehte sich um.

„Wenn du einen Laster von einer Farm suchen wolltest, wo würdest du damit anfangen?“, fragte Tracy.

„Auf einer Farm?“, überlegte Holly.

„Vielleicht.“ Tracy sah immer noch nachdenklich aus. „Wo noch?“

„Auf dem Viehmarkt?“, sagte Belinda.

„Gibt es so etwas in Willow Dale?“, wollte Holly wissen.

„Na klar“, fiel Tracy ein. „Er findet in dem Gebäude mit dem Turm statt, das neben dem Bahnhof steht. Dort ist einmal wöchentlich Viehmarkt. Ich war schon mit Kurt da, als er Fotos von den Tieren machen wollte.“

„An welchem Tag ist denn der Markt?“, fragte Holly.

Tracy schüttelte den Kopf. „Das weiß ich nicht mehr.“

„Es wird im *Tageblatt* stehen.“ Belinda rannte nach unten, um die Zeitung zu holen. Ihre Mutter brachte gerade ihre Koffer nach oben und starrte die an ihr vorbeisausende Belinda entgeistert an.

Als Belinda zurückkam, breitete sie die Zeitung auf dem Bett aus. Sie blätterte hastig ein oder zwei Seiten um und fing dann an zu strahlen. „Heute! Der Markt ist heute. Was für ein Glück! Los, kommt – worauf wartet ihr noch?“ Sie faltete die Zeitung unordentlich zusammen und stopfte sie unter ihr Bett. Dann rannten die drei hinunter.

„Einen Augenblick“, sagte Belinda, als sie unten im Flur angekommen waren. „Ich habe eine Idee.“ Sie verschwand im Arbeitszimmer ihres Vaters und kam mit seinem Fernglas zurück. „Wenn wir auf den Marktturm steigen, können wir damit den ganzen Platz absuchen.“

„Genial!“, lobte Holly.

„Wo geht ihr hin?“, rief Mrs Hayes den Mädchen nach.

Die Mädchen sahen einander an. „Äh ... auf den Viehmarkt“, sagte Belinda schließlich.

„Auf den Viehmarkt?“, rief Mrs Hayes angewidert und kam die Treppe herunter. „Seid bloß vorsichtig. Ihr wisst, dass sich dort die unmöglichsten Gestalten herumtreiben.“

„Ja, Mom, ich weiß“, sagte Belinda. „Wir werden schon aufpassen.“

„Nehmt euch bloß vor diesen zwielichtigen Charakteren in Acht.“

„Ja, Mom.“ Belinda verdrehte die Augen.

„Das sind genau die Typen, nach denen wir suchen“, fügte sie hinzu, als die drei das Haus verlassen hatten. Sie schaffte es sogar zu lächeln. „Los, kommt schon“, sagte sie, ausnahmsweise einmal voller Energie. „Beeilt euch doch ein bisschen!“

Der Viehmarkt fand in der Nähe des Bahnhofs statt, und zwar in einem langen, schmalen Gebäude mit unzähligen Pferchen und einem Turm an einer Seite. In einem Teil der Pferche standen Kälber und anderes Vieh, und überall liefen die Bauern herum und diskutierten über Preise. Der Auktionsring war in einem der angrenzenden Gebäude untergebracht.

Als die Mädchen ankamen, war die Auktion gerade vorbei. Ein stetiger Strom von Lastwagen beladen mit Schafen und Rindern rollte vom Platz. Ein Schild am Tor wies auf das Markt-Café oben im Turm hin.

„Lasst uns zuerst auf den Turm gehen", sagte Holly und lief voraus. Die drei rannten die Stufen hinauf und stellten sich auf den Balkon. Schwer atmend drückte Belinda Holly das Fernglas in die Hand.

„Mach du das. Ich muss erst wieder zu Atem kommen!", keuchte sie.

Holly ließ das Fernglas über die Marktgebäude, die Pferche und den Parkplatz schweifen. Sie konnte jedoch weder einen blauen Viehtransporter noch den roten Kombiwagen, den sie am Vortag gesehen hatten, entdecken. Holly schüttelte den Kopf. „Nichts", sagte sie enttäuscht.

„Dann lasst uns herumfragen", sagte Tracy. „Irgendjemand wird ihn bestimmt kennen."

Sie gingen durch eine Doppeltür aus Glas ins Café. Es war voll und verqualmt. Es roch nach Hamburgern und Zwiebeln.

„Frag du doch dort drüben, Belinda." Holly zeigte auf eine Gruppe von Bauern, die an einem Tisch in der Ecke saßen. „Du übernimmst den Burschen dahinten, Tracy, und ich frage die Kellnerinnen."

Belinda ging langsam auf den Tisch zu. Die Bauern sahen sie neugierig an.

„Entschuldigen Sie bitte", sprach sie die Männer an. „Kennt

jemand von Ihnen zufällig einen Mann mit einem rötlichen Schnurrbart? Er fährt einen blauen Laster."

Die Bauern sahen einander an und zuckten die Achseln.

„Was für einen Laster?", fragte einer von ihnen und drückte seine Zigarette im Aschenbecher aus.

„Das weiß ich nicht so genau", sagte Belinda verlegen. „Ich weiß nur, dass er blau ist und der Fahrer einen rötlichen Schnurrbart trägt."

Die Männer schüttelten den Kopf. „Tut mir sehr Leid, junge Dame", sagte einer. „Ich kenne zwar mehrere blaue Viehtransporter, aber keiner der Fahrer hat einen rötlichen Schnurrbart."

„Er trägt auch eine Tweedmütze", fügte Belinda schnell hinzu, denn diese Einzelheit war ihr gerade wieder eingefallen. Doch dann wurde sie rot. Fast alle Männer in diesem Lokal trugen Tweedmützen!

Sie schüttelten noch einmal den Kopf und nahmen dann ihre Unterhaltung wieder auf.

Niedergeschlagen ging Belinda zu den Freundinnen zurück.

„Kein Glück gehabt", berichtete sie. „Und ihr?"

Holly und Tracy schüttelten den Kopf. „Nein", sagte Tracy. „Niemand scheint auch nur die geringste Ahnung zu haben, wen wir meinen."

Holly seufzte. „Es sieht so aus, als würden wir hier nur unsere Zeit verschwenden."

„Ich werde nicht aufgeben!", verkündete Belinda entschlossen. „Selbst wenn ich jeden einzelnen Einwohner von Willow Dale persönlich befragen muss!"

Die drei stiegen den Turm hinunter und gingen wieder auf

das Marktgelände. Sie standen bei den Viehpferchen und überlegten gerade, was sie als Nächstes tun sollten, als Holly plötzlich einen leisen Pfiff ausstieß. Sie hatte jemanden durchs Tor kommen sehen, der ihr bekannt vorkam. „Da!“, flüsterte sie. „Seht ihr die Frau mit dem rosa Kopftuch?“
„Was ist mit ihr?“, fragte Tracy.
„Das ist Grants Schwester Fran!“ Holly dachte scharf nach. Dieses Kopftuch erinnerte sie an etwas. Sie hatte es schon einmal gesehen.
„Was hat sie auf einem Viehmarkt zu suchen?“, wunderte sich Tracy.
„Vielleicht will sie sich eine Kuh kaufen“, erwiderte Belinda trocken.
Fran sah sich ein oder zwei Minuten lang um und machte sich dann auf den Weg zum Parkplatz.
„Schnell“, sagte Holly. „Hinterher!“
„Ich sehe nicht ein, warum wir Grants Schwester über diesen blöden alten Marktplatz verfolgen sollen“, beschwerte sich Belinda und trödelte hinter den Freundinnen her.
„Komm schon“, drängte Holly. „Wenn meine Vermutung richtig sein sollte, wirst du schon sehen, was es bringt.“
„Welche Vermutung?“, fragte Belinda und rannte ein paar Schritte, um die anderen einzuholen.
„Ich glaube, dass Fran sich hier mit jemandem treffen will.“
„Mit wem?“, fragte Belinda.
„Übe dich in Geduld und du wirst es sehen“, erwiderte Holly geheimnisvoll.
Tracy war bereits um die Pferche gelaufen und warf einen vorsichtigen Blick um die nächste Ecke. Fran ging zügig auf

das Holzgebäude auf der anderen Seite des Platzes zu. Plötzlich trat ihr jemand in den Weg. Es war ein Mann in einer Tweedjacke. Sein rötliches Haar war ordentlich zurückgekämmt.
Holly erkannte ihn sofort. Ihre Vermutung war richtig gewesen. Fran traf sich mit dem Mann, den sie im blauen Laster von der Snowdrop Farm hatte wegfahren sehen! Der Mann, der das Pferd der Maylams gestohlen hatte!
Sie stieß die anderen an. „Das dachte ich mir!", rief sie aus. „Der Mann mit dem blauen Lastwagen!"
Fran und der Mann redeten miteinander. Einmal legte er seinen Arm um sie, doch sie schüttelte ihn sofort wieder ab. „Wahnsinn!", flüsterte Tracy. „Sie streiten sich!"
Der Mann machte ärgerliche Handbewegungen. Und Fran wandte sich zum Gehen, doch er packte sie und riss sie zurück.
„Er will sie schlagen!", rief Tracy, als der Mann seinen Arm hob. „Wir müssen etwas unternehmen!" Sie wollte schon losstürzen.
„Nein, warte!" Holly hielt sie am Arm fest. Fran redete auf den Mann ein und er schien sich wieder zu beruhigen.
„Wenn er mit seinem Lastwagen hier ist, kann er gerade erst gekommen sein", kombinierte Tracy und sah Holly an. „Woher wusstest du, dass Fran sich mit ihm treffen würde?"
Noch bevor Holly darauf antworten konnte, hatte Belinda sich schon in Bewegung gesetzt. „Ich werde ihn zwingen, mir zu sagen, wo Milton ist!", stieß sie hasserfüllt hervor.
Holly erwischte gerade noch einen Zipfel ihres Sweatshirts. „Bist du verrückt? Lass uns erst einmal abwarten und sehen,

was sie als Nächstes tun.“ Ihr schlug das Herz vor Aufregung bis zum Hals.

Der Mann und Fran D’Angelo waren immer noch in ihre Unterhaltung vertieft. Endlich trennten sie sich und er verschwand in Richtung Parkplatz. Fran kam direkt auf die Mädchen zu.

„Weg hier!“ Holly hechtete hinter eine Absperrung. „Sie darf uns nicht sehen!“

Die drei blieben ein oder zwei Minuten in ihrem Versteck. Als sie wieder nun herauskamen, war Fran wieder verschwunden.

Tracys Neugier siegte wieder einmal. „Los, kommt, lasst uns nachsehen, wohin *er* gegangen ist.“ Sie war schon auf den Beinen, rannte zwischen den Pferchen hindurch und hechtete über Strohballen. Als sie um die Kurve kamen, rollte gerade ein blauer Viehtransporter vom Parkplatz. Er hielt auf die Bahnschranken zu.

Holly und Belinda waren dicht hinter Tracy. „Er ist uns entwischt“, sagte Belinda und stemmte die Hände in die Hüften. „Das ist wieder einmal typisch!“

„Noch ist er nicht weg.“ Tracy rannte mit Riesenschritten die Stufen zur Überführung hinauf. Mitten auf der Eisenbahnbrücke blieb sie stehen, denn unter ihr war der Laster vor der Schranke zum Stehen gekommen. Noch während Tracy sich über die Brüstung beugte, hob sich die Schranke, und der Lastwagen donnerte davon. Sie sprang auf und ab und gab den Freundinnen ein Zeichen mit dem hochgereckten Daumen, dann lief sie die Stufen hinunter.

„Heu- und Strohhandel!“, rief sie aufgeregt.

„Was?", fragten Holly und Belinda verständnislos.
„Heu- und Strohhandel, ihr alten Schlafmützen. Das stand auf der Seitenwand des Lasters. Bin ich nicht einfach genial?"
Holly stieß einen Jubelschrei aus. „Sind wir nicht *alle* genial?"
„Super", sagte Belinda sarkastisch. „Hier in der Gegend gibt es vermutlich Dutzende von Strohhändlern. Könnt ihr mir sagen, was wir jetzt tun sollen?"
„Zur Polizei gehen", schlug Tracy vor.
Holly schüttelte den Kopf. „Nein, noch nicht. Wir haben immer noch keine Beweise. Er würde einfach abstreiten, auf der Snowdrop Farm oder eurem Grundstück gewesen zu sein. Wir müssen zuerst herausfinden ..." Sie unterbrach sich, denn ihr war gerade etwas wieder eingefallen.
„Was ist los?", fragte Tracy.
„Ich habe mich eben an etwas erinnert", antwortete Holly aufgeregt. „Ich habe in Grants Küche eine Visitenkarte gesehen. Darauf stand ein Name und darunter ‚Heu- und Strohhandel'."
Belinda und Tracy starrten sie an. „Ja, und?", sagten sie gleichzeitig.
„Ja, und was?", fragte Holly.
„Wie war der Name?", fragte Belinda.
Holly runzelte die Stirn und biss sich auf die Lippe. „Ihr werdet es nicht glauben, aber ich habe ihn vergessen."
Belinda seufzte. „Das ist wirklich toll, Holly. Du bist uns eine echte Hilfe!"
„Auf der Karte stand auch eine Adresse, aber ich habe sie

mir nicht näher angesehen. Oh, bin ich blöd!“ Holly schlug sich mit der flachen Hand gegen die Stirn.
„Das hast du gesagt, nicht ich“, bemerkte Belinda.
Doch Tracy wusste die Lösung. „Uns bleibt nur eines übrig“, stellte sie aufgeregt fest. „Wir müssen zu den D’Angelos fahren und nachsehen!“
Als die drei auf dem Weg zum Tor waren, rief jemand: „Hallo, ihr Mädchen!“
Es war einer der Bauern, mit denen Belinda im Café gesprochen hatte. Er ging auf sie zu. „Als ihr weg wart, ist mir eingefallen, wen ihr meint. Ich nehme an, ihr sucht Jack Pierce. Er trägt diesen Schnurrbart noch nicht lange. Ich habe ihn gerade getroffen und ihm gesagt, dass drei Mädchen nach ihm suchen.“
Die Mädchen sahen einander entsetzt an.
„Das ist toll“, bemerkte Belinda bitter, nachdem der Bauer gegangen war. „Jetzt weiß er, dass wir ihm auf den Fersen sind. Wir werden noch vorsichtiger sein müssen.“

„Was ich nicht verstehe“, sagte Tracy, als die drei zum Haus der D’Angelos radelten, „woher wusstest du, dass es zwischen Fran und diesem Jack Pierce eine Verbindung gibt?“
„Das war nur eine Vermutung“, erklärte Holly. „Es lag an ihrem Kopftuch. Mir ist plötzlich wieder eingefallen, dass der Beifahrer des roten Kombis ein solches Kopftuch getragen hat. Und der Polizist hat doch gesagt, dass eine Frau angerufen hat, als wir in diesem Kühlraum saßen. Es musste seine Beifahrerin gewesen sein, denn es war niemand anders

in der Nähe. Außerdem hat Fran richtig erschrocken ausgesehen, als ich zu meinem Interview bei Mrs D'Angelo erschien ... Irgendwie passte auf einmal alles zusammen."

„Miss Marple wäre stolz auf dich", stellte Belinda grinsend fest. Es war schön, sie wieder fröhlicher zu sehen.

„Wenn sie Jacks Freundin ist", überlegte Tracy, „möchte ich wetten, dass sie es war, die ihm von Grants Spielleidenschaft erzählt hat."

„Meinst du, dass sie seine Freundin ist?", sagte Holly. „Ich hatte nicht den Eindruck, als würden sie sich besonders gut vertragen."

„Wenn ich ehrlich bin", gab Belinda zu, „ist mir das egal. Ich will nur mein Pferd wiederhaben!"

In der Einfahrt zur Casa Blanca zögerten die drei einen Moment lang.

„Was wollen wir denn sagen?", fragte Belinda. „Wir können doch nicht einfach wortlos ins Haus stürmen."

Holly nagte an ihrer Unterlippe. „Mrs D'Angelo hat gesagt, dass ich das Interview ein andermal zu Ende führen kann. Ich könnte sagen, dass wir deswegen gekommen sind."

Tracy schüttelte den Kopf. „Sie wird dich fragen, warum du nicht vorher angerufen hast."

Die drei stellten ihre Räder neben die Haustür. Alle Fenster waren geschlossen und die Garage war leer.

„Sieht aus, als wäre niemand zu Hause", stellte Belinda bedrückt fest. „Was sollen wir denn nun machen? Wir müssen unbedingt herausfinden, wo dieser Jack Pierce wohnt." Sie schüttelte den Kopf. „Wir werden Milton nie finden – das weiß ich ganz genau!", jammerte sie.

Tracy legte ihr einen Arm um die Schultern. „Doch, Belinda, das werden wir. Wir werden uns etwas überlegen. Mach dir keine Sorgen."
„He!", sagte Holly plötzlich und schwenkte das Fernglas. „Ich bin dafür, dass wir zum Küchenfenster schleichen. Ich wette, dass ich mit dem Fernglas alle Zettel an der Pinnwand lesen kann. Sie hängt nämlich genau gegenüber dem Fenster."
„Genial!", sagte Belinda, die nun wieder etwas fröhlicher aussah. „Aber wir sollten vorsichtig sein, vielleicht ist ja doch jemand da."
Tracy konnte nicht länger warten. „Los, kommt."
Auf Zehenspitzen schlichen die drei um das einstöckige Gebäude herum. Plötzlich hörten sie ein Auto die Auffahrt hochfahren.
„In Deckung!", befahl Holly.
Schnell verschwanden die drei Mädchen in den Büschen und hielten den Atem an.
Ein Lieferwagen der Post war durchs Tor gerollt und vor der Haustür zum Stehen gekommen. Der Briefträger stieg pfeifend aus, schob einen Packen Briefe durch den Schlitz, stieg wieder in seinen Wagen und fuhr davon.
Holly seufzte erleichtert. Sie kroch aus den Büschen hervor und sah sich prüfend um. „Die Luft ist rein", flüsterte sie. „Ihr beide bleibt hier und passt auf. Wenn jemand kommt, pfeift."
„Jetzt fehlt nur noch, dass der Fensterputzer hier auftaucht!", flüsterte Belinda.
Mit klopfendem Herzen schlich Holly gebückt weiter bis

zum Küchenfenster. Es war ein kleines Stück geöffnet. Holly wollte sich gerade aufrichten, als sie in der Küche jemanden sprechen hörte. Es war Grant! Vorsichtig sah sie über das Fensterbrett. Grant telefonierte. Zum Glück stand er mit dem Rücken zu ihr. Er hörte sich wütend an.
„*Was* hast du gemacht?" Grant fuhr sich nervös mit der Hand durchs Haar und stöhnte. „Du bist verrückt! Ich kenne dieses Mädchen. Ich war erst gestern Abend auf ihrer Party. Was hast du vor, Pierce? Willst du mich ins Gefängnis bringen?"
Etwa eine Minute lang herrschte Schweigen, dann sprach Grant weiter. „Nein, ich habe dir doch gesagt, dass ich damit nichts zu tun haben will. Du kannst die Pferde von deinem Hof aus hinbringen, wo immer du willst." Er schüttelte den Kopf. „Ja, ich habe eine Vorladung von den Anwälten des Buchmachers bekommen. Aber woher weißt du das?" Grant runzelte die Stirn, als er Pierces Antwort hörte. „Na gut, dann sagst du es mir eben nicht!", knurrte er wütend. „Irgendwie werde ich das Geld schon auftreiben. Aber ich werde nicht anfangen, Pferde zu stehlen, nur um meine Schulden zu bezahlen!"
Grant hörte wieder zu und machte ein finsteres Gesicht. Dann schüttelte er den Kopf.
„Nein, ich habe es niemandem erzählt. Aber diesmal übertreibst du es wirklich. Wenn du dumm genug bist, hier in der Gegend noch ein Pferd zu stehlen, bist du verrückter, als ich dachte. Es ist nur eine Frage der Zeit, bis die Polizei dich verdächtigt. Und vergiss nicht, wenn du meiner Mutter nur ein Wort von der Gerichtsverhandlung erzählst, werde ich den

Bullen von deinen Raubzügen berichten. Daran solltest du immer denken!“

Grant warf den Hörer auf die Gabel. Er stützte beide Hände auf die Küchenarbeitsplatte und atmete tief durch. Plötzlich drehte er sich zum Fenster um.

Holly ließ sich flach auf den Boden fallen und wagte kaum zu atmen. Was sollte sie bloß sagen, wenn Grant sie entdeckte? Ihr Herz schlug wie wild.

Der Mystery Club hatte völlig falsche Schlüsse gezogen. Grant konnte Pierce gar nicht gesagt haben, wo der Schlüssel zu Miltons Stall hing. Bis eben hatte er nicht einmal gewusst, dass Milton gestohlen worden war! Holly dachte angestrengt nach. Was ging hier eigentlich vor?

Plötzlich ertönte Belindas Stimme neben ihrem Ohr. „Holly, was machst du denn da? Wir haben schon gedacht, du wärst erwischt worden!“

Holly packte Belindas Sweatshirt und zog sie zu sich auf den Boden. „Psst. Grant ist in der Küche. Er kann dich hören!“

Belinda stand wieder auf. „Nein, ist er nicht. Wir haben gerade gesehen, wie er in den Stall gegangen ist.“

Holly stieß einen erleichterten Seufzer aus. „Gut so.“ Sie sah durch das Fernglas und richtete es auf die Pinnwand. „Da ist die Karte!“, stellte sie aufgeregt fest. „*Jack Pierce, Coldblow Farm, High Moor.*“

„Das klingt urgemütlich“, witzelte Tracy.

„Wo mag das sein?“, fragte Holly.

„Mein Vater hat eine Karte, auf der auch der kleinste Hof verzeichnet ist“, sagte Belinda. „Ich wette, dass wir auch diese Farm darauf finden.“

„Nun, wo immer sie auch sein mag“, betonte Holly. „Dort versteckt er die Pferde. Und wenn wir sie finden wollen, sollten wir uns beeilen. Ich habe gerade gehört, wie Grant sagte, dass sie woanders hingebracht werden sollen!“

„Wohin?“ Belinda war erschrocken.

Holly zuckte mit den Schultern. „Das hat er nicht gesagt. Aber ich kann euch noch etwas sagen: Grant hat mit den Diebstählen nichts zu tun!“

Tracy und Belinda sahen sie überrascht an.

„Woher willst du das wissen?“, fragte Tracy.

Holly berichtete, was sie gehört hatte.

Belinda wurde langsam der Zusammenhang klar.

„Das heißt, wenn Grant Jack wegen des Pferdediebstahls anzeigt, erzählt Jack Grants Mutter von den Spielschulden ihres Sohnes?“

„Genau“, sagte Holly. „Und Grant muss vor Gericht. Aber wenn er vorbestraft ist, wird er nie in die Olympiamannschaft aufgenommen. Pierce weiß genau, dass Grants Mutter das nicht überleben würde.“

„Wahnsinn!“, sagte Tracy. „Aber ich verstehe immer noch nicht ganz, woher Pierce wusste, wo Belindas Stallschlüssel hängt, wenn Grant es ihm nicht gesagt hat.“

Plötzlich dämmerte es Belinda. „Es musste der Heulieferant gewesen sein!“

„Wer?“, fragte Holly.

„Der Kerl, der neulich das Heu für Milton gebracht hat“, erklärte Belinda. „Meine Mutter sagte, es wäre ein Neuer gewesen. Sie hat ihm die leere Box gezeigt, in die er das Heu stapeln sollte. Dann hat sie ihn allein gelassen. Ich wette, dass er bei dieser Gelegenheit den Schlüssel hinter der Tür entdeckt hat."

„Ja", rief Holly. „So muss es gewesen sein. Aber nun los, wir müssen zurück und die Karte deines Vaters suchen!"

Kapitel 9

Eine gefährliche Begegnung

Als die drei zu Belindas Haus zurückkamen, fanden sie einen Zettel von Mrs Hayes vor. „Bin zu Tante Susie gefahren“, stand darauf. „Komme spät zurück. Holly und Tracy können hier übernachten, wenn sie wollen.“

„Ich rufe lieber meinen Vater an und sage ihm Bescheid“, sagte Holly.

„Und ich meine Mutter“, fügte Tracy hinzu. „Sie wundert sich bestimmt schon, wo ich bleibe.“

Nach der Landkarte von Belindas Vater lag die Coldblow Farm auf einem Hügel nördlich von Willow Dale.

„Das ist ja kilometerweit weg“, stöhnte Belinda. „Es wird ewig dauern, bis wir mit dem Rad dort sind.“

„So weit ist es doch gar nicht“, sagte Tracy.

„Ja, dir macht das nichts aus“, sagte Belinda. „Du wirst ja auch nie müde!“

„Wir könnten den Bus nehmen“, schlug Holly vor. „Er hält doch hier in der Straße, stimmt's, Belinda?“

„Richtig“, bestätigte Belinda, nun schon wesentlich fröhlicher.
Sie hatten kaum das Haus verlassen, als auch schon ein Bus kam. Belinda sprang an den Fahrbahnrand und winkte dem Fahrer zu. Der Bus hielt und die drei stiegen ein. Sie bezahlten und ließen sich dann auf die hinterste Bank fallen.
Der Bus fuhr durch die Stadt und rumpelte dann die steilen Straßen Richtung High Moor hinauf. Die Landstraße führte an einem gewaltigen Tor vorbei, das von zwei steinernen Löwen bewacht wurde. Jenseits des Tores war ein riesiges Haus zu sehen, dessen Türmchen sich gegen den Himmel abzeichneten.
„Wahnsinn!“ Tracy drückte ihre Nase an die Fensterscheibe. „Ist das Coldblow?“
„Wohl kaum“, bemerkte Belinda herablassend. „Das ist Chatfield House. Hast du die Geschichte der Chatfield-Familie noch nie gehört? Sie ist in dieser Gegend bekannt.“
Holly schüttelte den Kopf. „Ich kenne die Geschichte auch nicht.“
Belinda zuckte die Achseln. „Das ist vor langer Zeit passiert. Der Besitzer hatte zwei Söhne. Den einen liebte er besonders. Dieser Sohn bekam alles, was er sich wünschte, während der andere für die Familie sorgen musste. Schließlich war er so eifersüchtig auf seinen Bruder, dass er ihn umgebracht hat. Die Leiche soll hier irgendwo vergraben sein, doch bis heute hat sie niemand gefunden.“
„Irre!“, sagte Holly und machte große Augen.
„Das hört sich fast an wie einer von deinen Krimis, Holly“, stellte Tracy lächelnd fest.

„Das stimmt“, bestätigte Holly mit leuchtenden Augen. „Außerdem erinnert mich diese Geschichte an eine andere Familie – eine Familie, in der es bisher noch keinen Mord gegeben hat.“

„Meinst du die D’Angelos?“, fragte Tracy.

„Ja“, sagte Holly. „Fran ist eifersüchtig auf Grant. Sie ist der Meinung, dass er immer nur Glück hatte, während sie ihren Traum, Schauspielerin zu werden, aufgeben musste, weil ihre Mutter sie brauchte.“

„Vielleicht hat Fran Jack Pierce erzählt, dass Grant vor Gericht erscheinen muss, um sich an ihrem Bruder zu rächen“, überlegte Belinda.

„Klar!“, rief Tracy und strahlte übers ganze Gesicht. „So muss es gewesen sein!“

„Möglich“, sagte Holly nachdenklich. „Wahrscheinlich hat sie nicht damit gerechnet, dass Pierce ihren Bruder mit dieser Information erpressen würde.“

„Nein, wohl nicht“, bestätigten die anderen.

„Sie hat mir erzählt, dass sie manchmal zu viel redet“, berichtete Holly. „Vielleicht hat sie Pierce vertraut und er hat es ausgenutzt. Wisst ihr noch, wie sie auf dem Markt miteinander gestritten haben?“

„Ja“, sagte Belinda niedergeschlagen, „aber das hilft uns auch nicht dabei, Milton wieder zu finden.“

Die drei waren so in ihr Gespräch vertieft, dass ihnen gar nicht auffiel, dass der Bus angehalten hatte.

Der Fahrer drehte sich zu ihnen um. „He, Mädchen, wollt ihr aussteigen oder macht ihr eine Rundfahrt?“

„Nein, wir wollen nach High Moor“, sagte Holly.

„Hier ist High Moor. Die Endstation."
„Und wo bitte ist die Coldblow Farm?", fragte Belinda gereizt.
Der Fahrer deutete nach vorn. „Etwa einen Kilometer von hier, gleich hinter der Kuppe. Die Straße dort ist zu schmal für den Bus."
„Ein Kilometer!", rief Belinda aus. „Ist euch klar, dass wir nichts zu essen dabeihaben? Eine von euch hätte doch daran denken können, einen kleinen Imbiss einzupacken!" Mit einem Seufzer stemmte sie sich aus ihrem Sitz hoch. „Ich fürchte, ich werde hungern müssen, bis wir wieder zu Hause sind."
Sie sahen zu, wie der Bus wendete und in Richtung Stadt davonfuhr. Die Sonne stand schon tief am Himmel und es wehte ein eiskalter Wind. Vor den Mädchen erstreckte sich eine kurvige Straße, die jenseits der Kuppe verschwand.
Holly schlang fröstelnd die Arme um sich. „Kommt, lasst uns gehen."
Als sie die Hügelkuppe erreicht hatten, entdeckten sie die Coldblow Farm unten im Tal. Die Farm bestand aus mehreren schäbigen Gebäuden am Ende eines Feldwegs.
„Wir sollten über die Felder gehen und uns von hinten an das Haus heranschleichen, damit uns niemand sieht", schlug Tracy vor.
Sie kletterten über ein Tor und gingen im Gänsemarsch über den schlammigen Boden. Alle drei waren nervös.
Jack Pierce wusste, dass auf dem Markt jemand nach ihm gefragt hatte, und er musste kein Genie sein, um zu begreifen, wer es gewesen war. Sie wagten gar nicht daran zu den-

ken, was er mit ihnen machen würde, wenn er sie jetzt noch dabei erwischte, wie sie auf seinem Hof herumschnüffelten. Minuten später waren die drei hinter einem der Nebengebäude in Deckung gegangen und beobachteten das Wohnhaus. Es sah alt und schäbig aus. Die Außenmauern hatten Risse und auf dem Dach fehlten etliche Schindeln. Aus dem Schornstein stieg Rauch auf. Vor der Haustür parkte ein roter Kombi. Neben dem Haus stand eine riesige Scheune und daneben ein aus Ziegeln erbauter Kuhstall, an den sich eine weitere Scheune mit einem großen Tor an beiden Enden anschloss.

„Ich werde mich in der Scheune umsehen“, verkündete Belinda plötzlich. Noch bevor die Freundinnen sie aufhalten konnten, war sie auch schon zwischen den Gebäuden hindurchgelaufen. Sie schlug einen Haken, um ein paar rostigen Geräten auszuweichen. Eines der Scheunentore stand einen Spaltbreit offen. Belinda drückte es etwas weiter auf und verschwand im Innern.

„Was macht sie bloß?“, flüsterte Holly. „Ich weiß, dass sie Milton unbedingt wieder finden will, aber es ist Wahnsinn, allein loszuziehen. Wir sollten zusammenbleiben und zumindest halbwegs planmäßig vorgehen.“

„Zu spät“, meinte Tracy. „Sie ist schon weg. Los, komm. Gehen wir ihr nach.“

Die beiden sprangen auf und folgten Belinda. Hollys Herz klopfte wie ein Schmiedehammer. Plötzlich hörte sie, wie Tracy entsetzt den Atem anhielt. Tracy blieb wie angewurzelt stehen und packte Hollys Arm. Auch Holly erstarrte.

Aus der größeren Scheune war ein wütendes Knurren zu

hören. Ein bösartig aussehender Rottweiler kam auf sie zu. Er baute sich mit gesträubtem Fell und flach angelegten Ohren vor den Mädchen auf. Dann knurrte er noch einmal und zeigte seine riesigen gelben Zähne. Die beiden Mädchen schluckten und klammerten sich aneinander.
„Beweg dich nicht“, flüsterte Tracy. Holly stand reglos. Sie würde sich mit Sicherheit nicht bewegen!
„Braver Hund“, schmeichelte Tracy wenig hoffnungsvoll. „Feiner Hund.“
Der Hund knurrte wieder.
„Er glaubt dir nicht“, flüsterte Holly.
„Sitz!“, befahl Tracy, so streng sie nur konnte. „Ich habe mal gelesen, dass man ihnen zeigen soll, wer der Boss ist“, flüsterte sie.
„Dieser Hund weiß genau, dass er der Boss ist“, zischte Holly.
Ihnen gegenüber stand Belinda im offenen Scheunentor und hatte die Hand vor den Mund gepresst. Holly hoffte nur, dass sie nichts Verrücktes tun würde.
„Sollen wir wegrennen?“, fragte Tracy leise.
„Machst du Witze?“, fragte Holly, deren Knie anfingen zu zittern.
„Hast du einen besseren Vorschlag?“, fragte Tracy.
„Lass uns ganz langsam rückwärts gehen“, schlug Holly vor. „Vielleicht merkt er dann, dass wir keine Bedrohung darstellen.“
Die beiden zogen sich langsam zurück. Der Hund knurrte wieder und kam einen Schritt auf sie zu. Genau in diesem Augenblick hallte die Stimme einer Frau über den Hof.

„Kirk! Fressen! Wo steckst du?"
Der Hund spitzte die Ohren.
„Geh nur, Kirk", drängte Holly. „Geh und hol dir dein feines Fresschen." Es war unübersehbar, dass der Hund überlegte, was er tun sollte. Er starrte sie noch einen Moment lang an, wendete sich dann aber ab und trottete davon. Holly stieß einen tiefen Seufzer der Erleichterung aus.
Als der Hund verschwunden war, kam Belinda angerannt. „Seid ihr in Ordnung?"
„Klar", sagte Tracy. „Und wie ist es dir ergangen?"
„Ich habe mich umgesehen. In der Scheune sind nur ein paar alte Traktoren, sonst nichts. Ich habe auch in diesen anderen Schuppen geschaut, aber da stehen nur Kühe drin."
„Dann lasst uns noch einen Blick in die zweite Scheune werfen." Holly deutete auf das große Gebäude. „Es ist einen Versuch wert. Aber wir müssen uns beeilen, damit wir verschwunden sind, bevor Kirk aufgefressen hat und auf die Idee kommt, uns zum Nachtisch zu verspeisen."
Es wurde schon dunkel. Die Scheune wirkte im Zwielicht düster und bedrohlich. In jeder Ecke schienen schattenhafte Gestalten zu lauern. Die Mädchen rannten zum Gebäude.
Holly und Tracy schoben eine der großen Türen auf. Die Mädchen schlüpften hindurch und schlossen die Tür hinter sich. Als sich ihre Augen an das Dämmerlicht gewöhnt hatten, konnten sie sehen, dass in einem Teil der Scheune Heuballen gelagert waren.
Belinda packte Hollys Arm. „Sieh doch!"
Im hinteren Teil der Scheune parkte ein blauer Viehtransporter!

„Das ist er!“ Hollys Augen leuchteten. Die drei stürzten vorwärts und zum ersten Mal war Belinda die Schnellste. Die Verladerampe war geschlossen und verriegelt.
Belinda biss sich auf die Lippe. „Wir haben ihn!“
Aus dem Innern des Lasters hörte man das Scharren von Hufen auf Stroh und dann ein Schnauben. Belinda stellte sich auf die Zehenspitzen und schaute durch einen Lüftungsschlitz. „Es sind Milton und ein anderes Pferd! Wir müssen sie befreien!“ Sie stieg auf die hintere Stoßstange und begann, an den Verschlussriegeln der Rampe zu zerren. Doch Holly hatte etwas gehört. Schritte, die sich vom Hof her näherten. Lauschend legte sie den Kopf zur Seite. „Psst, hört doch!“, zischte sie. „Da kommt jemand!“
Belindas Hand schwebte über dem Riegel. Alle drei hielten den Atem an und warteten. Sekunden verstrichen, dann glitt eine der Scheunentüren langsam auf. Die Mädchen hechteten zwischen die Heuballen und versteckten sich. Das Scheunentor stand jetzt weit offen. Eine dunkle Gestalt hob sich gegen den Abendhimmel ab. Sie wussten sofort, wer es war. Jack Pierce betrat die Scheune. Er sah sich um und schien genau auf ihr Versteck zu starren. Die Mädchen machten sich so klein sie konnten und wagten kaum zu atmen.
Dann drehte er sich um und rief jemandem zu: „Ich bin bald zurück.“ Er schlenderte durch die Scheune, stieg ins Führerhaus des Viehtransporters und startete den Motor.
Belinda zupfte an Hollys Ärmel. „Er haut ab! Wir müssen ihn aufhalten!“ Sie wollte aufstehen.
Holly zog sie wieder nach unten. „Mach keinen Unsinn, Belinda!“

„Aber wir können ihn doch nicht einfach wegfahren lassen!"

„Wir können es nicht verhindern", sagte Tracy. „Er darf uns auf keinen Fall sehen."

Sie sahen hilflos zu, wie der Laster aus der Scheune rollte und dann in Richtung Straße davonfuhr.

Belinda weinte. „Warum musste er das tun?" Sie stand auf und stampfte mit dem Fuß auf. „Jetzt bringt er die Pferde bestimmt kilometerweit weg! Was sollen wir denn jetzt bloß machen?"

„Ich denke", sagte Holly grimmig, „wir sollten die Polizei einschalten."

Sie rannten den Feldweg entlang zur Bushaltestelle. Es war mittlerweile schon fast stockdunkel. Die drei Mädchen drängten sich dicht aneinander, um sich vor dem Wind zu schützen, und stampften mit den Füßen, um warm zu werden. Zu ihrer Erleichterung dauerte es nicht lange, bis die Scheinwerfer des Busses auf der Hügelkuppe zu sehen waren.

„Wart ihr gerade auf der Coldblow Farm?" Diesmal war es eine Busfahrerin, die sehr nett aussah.

Holly reichte ihr das Fahrgeld. „Ja."

„Sie haben dort nicht oft Besuch." Die Fahrerin gab Holly ihre Fahrkarte.

„Wen meinen Sie?", fragte Tracy, die hinter Holly wartete.

„Die alte Mrs Pierce. Sie führt ein ziemlich einsames Leben. Hier oben ist es im Winter ungefähr so gemütlich wie in der Arktis, und mein Mann sagt, dass das alte Farmhaus bald zusammenbricht."

„Das hoffe ich“, murmelte Belinda.
„Der alte Mann, Jacks Vater, war ein Säufer, müsst ihr wissen.“ Die Fahrerin legte den ersten Gang ein und fuhr los. „Er hat das ganze Geld durchgebracht. Er hat es nie verwunden, dass er seine andere Farm verloren hat.“
„Tatsächlich?“, sagte Belinda. „Welche andere Farm?“
„Ich weiß nicht, wie sie heißt. Das ist passiert, bevor ich hierher kam.“
„Ach so“, sagte Belinda.
Der Bus hielt an der nächsten Haltestelle und zwei weitere Fahrgäste stiegen ein.
„Damit hätten wir das Motiv“, sagte Belinda. „Er ist pleite. Nicht, dass mich das interessiert. Ich will nur meinen Milton wiederhaben.“ Wieder traten ihr Tränen in die Augen.
„Wir werden ihn wiederbekommen“, beruhigte Holly sie. „Das weiß ich ganz sicher.“
„Ich wünschte, ich wäre auch so sicher“, schniefte Belinda.
„Wir bekommen ihn zurück“, versicherte Tracy. „Wir müssen nur noch herausfinden, wohin Jack Pierce ihn gebracht hat.“
„Und wie wollen wir das anstellen?“, fragte Belinda und starrte aus dem Fenster, ohne wirklich etwas zu sehen.
„Uns wird schon etwas einfallen“, erklärte Holly. „Das war doch bisher immer so.“
„Ja“, gab Belinda zu. „Meistens schon.“
„Eines wissen wir bereits“, sagte Holly. „Wo immer es ist, es kann nicht weit weg sein.“
Belinda sah Holly überrascht an. „Woher willst du das wissen?“

„Hast du nicht gehört, was er kurz vor seiner Abfahrt gerufen hat?“
„Das stimmt.“ Tracys Augen leuchteten. „Er sagte, er wäre bald zurück, und das bedeutet, er kann nicht weit gefahren sein.“
„Richtig“, sagte Holly.
„Aber damit wissen wir immer noch nicht, *wohin* er gefahren ist“, jammerte Belinda. „Sagt mir doch endlich, was wir jetzt tun sollen?“

Kapitel 10

Eine Drohung

Am nächsten Morgen fuhr Mr Hayes mit seiner champagnerfarbenen Luxuslimousine vor dem Haus seiner Familie vor. Noch bevor er sein Gepäck ausladen konnte, hatte sein Mobiltelefon bereits zweimal geklingelt. Sein Anzug war makellos und sein Gesicht glatt rasiert. Ihm war nicht anzusehen, dass er bereits vor Tagesanbruch losgefahren war.

Als Belinda ihren Vater kommen hörte, sauste sie wie der Blitz zur Tür hinaus. Sie wartete ungeduldig darauf, dass er sein Telefongespräch beendete. Dann riss sie die Wagentür auf. „Dad, rate mal, was wir herausgefunden haben!"

„Was denn?" Mr Hayes stieg aus und öffnete den Kofferraum. Er griff nach seinen beiden cremefarbenen Lederkoffern, schlug den Kofferraumdeckel wieder zu und wendete sich dann seiner Tochter zu. „Na los, erzähl schon, was ihr wieder angestellt habt."

Belinda sprudelte ein paar Einzelheiten ihres Abenteuers

vom vergangenen Abend hervor. Mr Hayes stellte seine Koffer in der Eingangshalle ab, seufzte und nahm Belinda in die Arme.

„Du solltest so etwas nicht auf eigene Faust machen", mahnte er besorgt. „Es ist einfach zu gefährlich."

„Aber Holly und Tracy waren doch bei mir", widersprach Belinda.

„Das meine ich ja", sagte ihr Vater geduldig. „Ihr solltet die Ermittlungen der Polizei überlassen."

„Wir haben sie sofort nach unserer Rückkehr angerufen", verteidigte sich Belinda. „Aber die Inspektorin, die die Sache bearbeitet, war nicht mehr da."

Während Belindas Vater eine Tasse Kaffee trank, erzählten die Mädchen ihm alles über ihren Ausflug zur Coldblow Farm.

„Und du sagst, diese Frau Inspektor Hadcroft war gestern Abend nicht im Dienst?", fragte Mr Hayes, nachdem er alles gehört hatte.

Die Mädchen schüttelten den Kopf. Mr Hayes blickte finster drein. Er war es nicht gewohnt, dass Leute „nicht im Dienst" waren, wenn man sie brauchte.

„Heute Vormittag soll sie aber da sein", fiel Holly ein.

„Gut!" Mr Hayes stand auf. Er packte grundsätzlich alles an, was es zu erledigen gab, selbst wenn das bedeutete, dass er achtzehn Stunden am Tag arbeiten musste, um alles zu schaffen.

Zum Telefonieren ging er in die Halle und kam schon Sekunden später zurück.

„Es ist alles geklärt. Sie kommen hierher. Wir fahren gemeinsam zur Coldblow Farm und hören uns an, was Mr Pierce zu seiner Verteidigung vorzubringen hat!“

Fünf Minuten später sah Mr Hayes auf seine Uhr und lief ungeduldig auf und ab. „Wo bleiben sie denn? Ich habe ihnen doch gesagt, dass ich nur eine Stunde Zeit habe.“

Doch kurz darauf traf die Polizei ein. Belindas Vater betrachtete den Kleinwagen, mit dem die Polizisten vorgefahren waren.

„Ich werde meinen eigenen Wagen nehmen“, entschied er. „Ich will nicht, dass die Nachbarn denken, ich wäre verhaftet worden. Ihr Mädchen könnt mit den Polizisten fahren und ihnen den Weg zeigen.“

Frau Inspektor Hadcroft hatte einen Kollegen mitgebracht. Er hatte sandfarbenes Haar und ein pickliges Gesicht.

„Wie ich gehört habe, habt ihr drei die Sache selbst in die Hand genommen“, bemerkte der Polizist, als sie auf die Farm zufuhren.

„Ich habe nur versucht, mein Pferd zu finden“, verteidigte sich Belinda. „Außer mir scheint sich ja niemand dafür zu interessieren.“

Die Inspektorin drehte sich zu ihr um. „Das stimmt nicht, Belinda. Mr D’Angelo hat bestritten, diesen Lastwagen auf der Snowdrop Farm gesehen zu haben.“

„Er hat gelogen“, warf Holly hitzig ein.

„Damit steht sein Wort gegen deines.“

„Also glauben Sie ihm?“, rief Tracy empört. „Warum glauben Sie nicht Holly?“

„Weil sie sich geirrt haben könnte“, sagte die Inspektorin. „Und selbst wenn er tatsächlich gelogen hat, können wir ihm das nicht beweisen. Außer Holly hat niemand den Laster oder den Fahrer gesehen, und auch die Leute von der Snowdrop Farm haben keine Ahnung, wer er sein könnte. Wir haben auch Grant und euren Freund Kurt wegen des Schlüssels zum Pferdestall befragt. Grant hat ausgesagt, er hätte nicht gesehen, wo der Schlüssel hing, und Kurts Mutter hat bestätigt, dass er das Haus nicht mehr verlassen hat, nachdem er von der Party heimgekommen ist."

Holly konnte sich ein Grinsen nicht verkneifen. Kurt Welford als Pferdedieb – das war einfach eine verrückte Idee.

„Ich fürchte, damit sind unsere Ermittlungen wieder einmal in einer Sackgasse angelangt", sagte die Inspektorin.

„Außerdem", mischte sich ihr Kollege ein, „woher willst du wissen, dass das Pferd, das du gesehen hast, deines war?"

Belinda bedachte ihn mit einem mitleidigen Blick. „Ich würde Milton überall wiedererkennen."

Er zuckte die Achseln. „Für mich sehen alle Pferde gleich aus. Und außerdem nehme ich an, dass Mr Pierce nicht gerade begeistert sein wird, wenn er hört, dass ihr sein Grundstück unbefugt betreten habt."

„He, auf wessen Seite stehen Sie eigentlich?", murmelte Belinda erbost.

„Lass die Mädchen in Ruhe, Pete", mahnte Frau Inspektor Hadcroft. „Wir haben bisher nichts erreicht, und wenn sie den Täter gefunden haben, soll es uns nur recht sein!"

Fünfzehn Minuten später hatten sie den Bauernhof erreicht. Mr Hayes versuchte, nicht in einer der Pfützen zu parken, doch als er ausstieg und den Zustand seines Wagens bemerkte, war er entsetzt.

„Nun kommen Sie schon“, knurrte er ungeduldig, als die beiden Polizisten ausstiegen. „Wenn Sie in der freien Wirtschaft arbeiten würden, hätten Sie jetzt schon den halben Tagesumsatz verloren.“
„Ihr drei bleibt hier“, befahl die Inspektorin den Mädchen. „Wir rufen euch, falls wir euch brauchen.“
An diesem Tag war der Hofhund angekettet. Er bellte wie wild, als die Inspektorin zur Haustür ging. Eine grauhaarige Frau in einem schwarzen Kleid und einer Schürze öffnete ihr die Tür. Sie trat zurück, um die Polizisten und Mr Hayes einzulassen.
Auf dem Rücksitz des Polizeiwagens zupfte Belinda nervös an einem Riss im Knie ihrer Jeans herum. „Warum haben sie uns nicht mitgenommen?“
„Keine Ahnung“, sagte Holly. „Vielleicht hatten sie Angst, dass wir Jack Pierce einen Pferdedieb nennen würden.“
„Was wäre falsch daran?“, fragte Tracy. „Er ist doch auch ein Pferdedieb!“
Holly schüttelte den Kopf. „Beweise, Tracy. Du brauchst Beweise, bevor du jemanden beschuldigen darfst.“
Belinda starrte unglücklich aus dem Fenster. Das Scheunentor stand offen und der blaue Laster parkte an derselben Stelle wie am Abend zuvor.
Plötzlich stieß Belinda die Wagentür auf und stieg aus. „Ich werde hier nicht länger herumsitzen!“, verkündete sie. „Ich werde nach Beweisen suchen.“ Und noch bevor die anderen etwas sagen konnten, war sie verschwunden.

Belinda betrat die Scheune. Der Transporter parkte im hinteren Teil. Die Rampe war herabgelassen und der Laderaum leer. Sie warf einen Blick über die Schulter und stieg dann die Rampe hoch. An der Stirnwand des Lasters hing ein volles Heunetz.

Belinda sah sich um. Plötzlich fiel ihr etwas auf. Etwas lag im Stroh ... etwas Rotes. Sie bückte sich und hob es auf. Es war Miltons Halfter! Sie stieß einen gedämpften Jubelschrei aus. Wie viele Beweise brauchten sie noch? Hier war Miltons Halfter mit seinem Namen in Messingnieten auf dem Nasenriemen. Ein solches Halfter gab es auf der ganzen Welt nur einmal!

Belinda war so aufgeregt, dass sie nicht hörte, wie jemand die Scheune betrat. Schwere Schritte näherten sich dem Lastwagen und plötzlich ertönte eine grobe Stimme.

„Das nehme ich, junge Dame!“

Belinda drehte sich blitzschnell um. Ihre Augen waren vor Schreck weit aufgerissen. Jack Pierce stand auf der Rampe und streckte eine Hand nach dem Halfter aus.

Trotzig versteckte Belinda es hinter ihrem Rücken. „Das können Sie vergessen“, stieß sie hervor. „Es gehört meinem Pferd und ich will es wiederhaben. Was haben Sie mit ihm gemacht?“

„Ich habe keine Ahnung, wovon du sprichst“, entgegnete Pierce gelassen.

Doch so leicht gab Belinda nicht auf. „Doch, das wissen Sie genau!“, brüllte sie.

„Gib es mir einfach, okay?“ Er trat drohend einen Schritt auf sie zu.

Belinda schüttelte langsam den Kopf. „Niemals!"
Zornesröte überzog sein Gesicht und die Adern an seinem Hals schwollen an.
Belinda bekam es mit der Angst zu tun. Sie schluckte nervös. Ihr Mut drohte sie zu verlassen und ihre Augen zuckten hektisch hin und her. Es gab keinen Ausweg. Der einzige Fluchtweg führte an Jack Pierce vorbei, und er würde sie nicht gehen lassen, bevor sie ihm das Halfter gab. Vielleicht nicht einmal dann.
Pierce griff in die Innentasche seiner Jacke und zog etwas heraus. Belinda schnappte nach Luft. Es war eine Waffe. Mit ihrem kurzen, dicken Lauf sah sie sehr merkwürdig aus.
„Weißt du, was das ist?", fragte er hämisch und schwenkte die Pistole vor ihr herum.
„Eine Wasserpistole?", fragte Belinda frech.
Er zog abschätzig die Lippe hoch. „Sehr komisch. Es ist eine echte Waffe ... eine ganz besondere Waffe."
„Ja?", schluckte Belinda.
„Es ist ein Bolzenschussgerät", fuhr er fort. „Man verwendet es bei Tieren, bevor sie geschlachtet werden. Du willst doch wohl nicht, dass ich es bei deinem Vollblüter teste?"
Er kam näher und packte Belinda am Arm. Sein Gesicht war dicht vor ihrem. Sie konnte das Funkeln in seinen hellen Augen sehen. „N ... nein", stammelte sie.
„Dann solltest du mir jetzt aber das Halfter geben, meinst du nicht?"
Er griff hinter sie und zerrte ihr das Halfter aus den Fingern. „Na also. Und jetzt verschwinde und halte den Mund, oder dein Pferd ist totes Fleisch!"

Belinda fror plötzlich. Ein eisiger Schauer durchrann sie. Sie war überzeugt, dass Jack Pierce seine Drohung wahrmachen würde.
Er versetzte Belinda einen Stoß. „Verschwinde und denk daran, dass du nichts gesehen oder gehört hast, klar?"
Belinda stolperte die Verladerampe hinunter. Sie fühlte sich benommen und ihre Knie schienen aus Gummi zu sein. Draußen rief Holly nach ihr.
„Ich komme schon", antwortete sie heiser und taumelte aus der Scheune.
Holly sah sofort, dass etwas nicht stimmte. Belinda sah blass und ganz verängstigt aus, als sie zum Auto zurückging. Man konnte meinen, sie wäre einem Geist begegnet.
Holly nahm ihren Arm. „Belinda, alles in Ordnung?" Sie sah die Freundin prüfend an. „Was ist passiert?"
„Ich muss mich hinsetzen", war alles, was Belinda hervorbrachte.
Sie stieg in den Polizeiwagen und saß zusammengesunken auf dem Rücksitz. Holly und Tracy tauschten besorgte Blicke. Belinda wollte ihnen gerade erzählen, was passiert war, als die beiden Polizisten und Mr Hayes das Farmhaus verließen.
„Das war reine Zeitverschwendung." Frau Inspektor Hadcroft stieg wieder in den Wagen. „Jack Pierce liegt mit Grippe im Bett. Schon die ganze Woche, sagt seine Mutter."
Holly traute ihren Ohren nicht. „Haben Sie ihn nicht einmal gesehen?", fragte sie empört.
„Wir konnten den armen Kerl ja schlecht aus seinem Krankenbett zerren", verteidigte sich die Polizistin. „Mrs Pierce

hat versprochen, ihn zu uns auf die Wache zu schicken, sobald es ihm besser geht. Es tut mir Leid, Mädchen, aber es scheint, als wären wir mal wieder auf der falschen Fährte."
„Aber wir haben Milton hier *gesehen*", protestierte Tracy. „Stimmt's nicht, Belinda?"
Alle sahen Belinda erwartungsvoll an.
„Ach, ich weiß nicht", sagte sie verlegen. „Vielleicht war es auch ein ganz anderes Pferd. Ich bin mir jetzt nicht mehr so sicher."
Die Freundinnen starrten sie an. Holly wollte etwas sagen, doch Belinda versetzte ihr einen Tritt gegen das Schienbein.
„Mrs Pierce sagte, eine Bekannte von ihnen hätte gestern ein Pferd abgeholt", berichtete der junge Polizist. „Sie hatte es bei ihnen untergestellt, solange sie verreist war."
„Das ist gelogen", behauptete Holly stur.
„Das wissen wir nicht, Holly", sagte die Inspektorin. „Wir können schließlich nicht jede alte Dame der Lüge bezichtigen. Ich sagte doch, dass wir Mr Pierce befragen werden, sobald es ihm besser geht."
„Ich kannte den Bruder von Mr Pierce", erzählte der Polizist auf der Rückfahrt zu Belindas Haus. „Er ist vor Jahren mit meiner Schwester zur Schule gegangen. Natürlich hat die Familie damals noch in Hill Beck gelebt. Das war vor dem Einsturz."
Die Mädchen sahen einander hilflos an.

Als sie wieder bei Belinda ankamen, fanden sie das Haus leer vor. Belindas Mutter war zum Squash gegangen.

Mr Hayes verschwand direkt in seinem Arbeitszimmer, um zu telefonieren. „Wir werden die Angelegenheit der Polizei überlassen“, sagte er noch. „Und ihr drei versprecht mir bitte, keine verrückten Suchaktionen auf eigene Faust mehr zu unternehmen.“

„Also, Belinda“, sagte Tracy, als Mr Hayes außer Hörweite war. „Was ist los? Was ist auf der Farm passiert?“

Belinda erzählte ihnen von ihrem Zusammentreffen mit Jack Pierce in der Scheune. Dann wiederholte sie seine Drohungen. „Und er wird es tun, das weiß ich ganz bestimmt“, schluchzte sie wütend. Tränen strömten über ihre Wangen. „Also musste ich doch den Mund halten, oder etwa nicht?“

Holly biss sich auf die Lippe. Jack Pierce hatte also gar nicht krank im Bett gelegen. Seine Mutter hatte gelogen, um ihm ein Alibi zu verschaffen. Es sah so aus, als hätten sie es mit einem Mann zu tun, der zu allem fähig war.

„Hat er noch etwas anderes gesagt?“, fragte Tracy und legte Belinda tröstend einen Arm um die Schultern.

„Reicht das etwa nicht?“, fragte Belinda schniefend.

„Ich musste gerade daran denken, was der Polizist auf dem Rückweg gesagt hat“, erinnerte sich Holly. „Darüber, dass die Familie Pierce früher woanders gewohnt hat.“

„Ja, das stimmt“, sagte Tracy, „in Hill Beck. Er sagte, es wäre eingestürzt oder so etwas.“

„Meint ihr, dass die Farm ihnen heute noch gehört?“, fragte Belinda.

Holly zuckte mit den Achseln. „Keine Ahnung, aber vielleicht sollten wir es herausfinden.“

„Also los!“, rief Tracy. „Wo ist die Landkarte?“

Belinda stürzte ins Arbeitszimmer ihres Vaters. Er telefonierte immer noch und warf seiner Tochter einen gereizten Blick zu, als sie einen Stapel Computerausdrucke zur Seite schob, um an seine Schreibtischschublade zu kommen.

„Entschuldige, Dad“, flüsterte sie. Sie rannte zurück in die Küche. „Ich hab sie!“

Sie breiteten die Karte auf dem Tisch aus und starrten darauf.

„Das sind ja hunderte von Farmen“, jammerte Belinda, die den Höhenlinien mit dem Finger folgte.

Tracy stützte das Kinn in die Hände und konzentrierte sich auf die Karte. „Da!“, rief sie. „Ach, nein, das ist Hill Barn.“

Belinda wurde ungeduldig und lehnte sich zurück. „Ich gebe auf. Es ist hoffnungslos.“

„Nein, ist es nicht“, verkündete Holly triumphierend. Sie deutete auf einen Punkt auf der Landkarte. „Da ist es!“

Belinda beugte sich über die Karte. „Tatsächlich, mitten im Moor. Es führt nicht einmal eine Straße dorthin.“ Sie sah die beiden anderen entsetzt an. „Aber das ist ja kilometerweit weg!“

„So weit ist es gar nicht. Sieh doch!“, sagte Holly aufgeregt. Sie deutete auf die Karte. „Wenn wir querfeldein gehen, dürfte es nicht lange dauern. Aber wir werden zu Fuß gehen müssen – für die Fahrräder ist das Gelände zu unwegsam.“

„Zu Fuß!“, protestierte Belinda, doch dann gab sie seufzend nach. „Meinetwegen. Ich tue alles, um Milton wiederzubekommen.“

„Vielleicht sollten wir einen Kompass mitnehmen“, schlug Holly vor. „Habt ihr einen, Belinda?“

„Mein Vater hat einen in seinem Schreibtisch. Ich gehe ihn holen und sage Dad auch gleich, wo wir hingehen." Belinda betrat zum zweiten Mal das Arbeitszimmer ihres Vaters. Da er immer noch telefonierte, schrieb sie eine Nachricht und legte den Zettel auf seinen Schreibtisch. Dann nahm sie sich den Kompass, schlich hinaus und zog die Tür leise hinter sich zu. Mr Hayes hasste es, wenn man ihn bei der Arbeit störte.

„Ich nehme meine Kamera mit", verkündete Tracy und war schon auf halbem Weg ins Obergeschoss, um sie zu holen.

„Und diesmal packen wir auch etwas zu essen ein", sagte Belinda. „Ich sehe mal nach, was ich finde."

Fünf Minuten später waren sie zum Aufbruch bereit. Belinda hatte in der Küche einen Rucksack mit hastig geschmierten Broten gefüllt. Tracy legte ihre Kamera dazu und auch den Block, in dem sie über alle Aufnahmen Buch führte. Sie packte auch noch den Kompass ein und schnallte den Rucksack zu. „Na, dann los", sagte sie ungeduldig.

Kapitel 11

Im Moor verirrt

Ich bin völlig fertig“, sagte Belinda auf halber Höhe des ersten Hügels.

„Sollen wir ohne dich weitergehen?“, rief Tracy. Sie ging wie immer voraus, obwohl sie den schweren Rucksack trug.

„Wohl kaum“, schnaufte Belinda. „Wofür hältst du mich?“

„Für jemanden, der nicht besonders fit ist“, erwiderte Tracy.

„Verglichen mit dir ist niemand fit“, konterte Belinda. Tracy wartete auf sie. Belinda öffnete den Rucksack und nahm sich ein Sandwich. „Das gibt mir neue Energie“, verkündete sie und biss ein großes Stück ab.

Die drei Freundinnen machten eine kurze Pause und studierten die Karte. Vor ihnen erstreckte sich ein malerisches Tal.

„Wenn wir hier links abbiegen“, sagte Holly und deutete auf einen Fußweg, „können wir die Abkürzung durchs Moor nehmen, dann durchs Tal und auf der anderen Seite wieder hinauf.“

„Puh!“, sagte Belinda. „Das wird Stunden dauern.“
„Nein, sicher nicht.“ Tracy ging bereits weiter. „Los, kommt schon, ihr Schnecken!“
Holly zog den Reißverschluss ihrer Regenjacke hoch und warf einen prüfenden Blick zum Himmel. Das Wetter schien schlechter zu werden. Die Sonne war verschwunden und die Hügelkuppe, die sie erreichen wollten, war plötzlich in dichten Nebel getaucht.
Holly schauderte. Sie hatte unzählige Geschichten von Leuten gehört, die sich im Moor verirrt hatten und niemals wieder gesehen wurden. Doch dann gab sie sich einen Ruck. Das waren schließlich nur Geschichten. Tracy, Belinda und ihr würde nichts passieren. Sie hatten eine Karte, einen Kompass *und* etwas zu essen, also gab es keinen Grund, sich Sorgen zu machen.
Minuten später fielen die ersten Regentropfen auf Belindas Brille. Sie verzog missmutig das Gesicht. „Das hat uns gerade noch gefehlt!“
„Das sind doch nur ein paar Tropfen“, widersprach Tracy. „Ein paar kleine Spritzer haben noch niemandem geschadet.“ Diesmal klang sie nicht ganz so optimistisch wie sonst, denn es sah tatsächlich so aus, als könnte der Himmel jeden Moment seine Schleusen öffnen.
Die Mädchen stapften weiter und blieben dicht beieinander. Sie waren kaum hundert Meter gegangen, als sie in einer Wolke aus feinem, dichtem Sprühregen standen.
Holly war beunruhigt. Die hügelige Landschaft, die im Sonnenschein so freundlich ausgesehen hatte, wirkte auf einmal düster und bedrohlich. Im hellen Licht der Sonne war es ein

Kinderspiel gewesen, den richtigen Weg zu finden, doch in dem grauen Dämmerlicht schienen die Moorlandschaft und die schmalen Pfade miteinander zu verschmelzen.
„Wie sollen wir jetzt noch den Weg finden?“ Belinda nahm ihre Brille ab und putzte die Gläser mit ihrem Ärmel.
Holly studierte den Kompass. „Wir gehen immer noch in die richtige Richtung.“ Ihre Stimme klang zuversichtlicher, als sie sich fühlte.
Tracy packte Holly am Arm. „Wir dürfen uns auf keinen Fall aus den Augen verlieren. Wir würden einander nie wieder finden.“
Schweigend marschierten die drei weiter. Ihre Kleidung war durchgeweicht und die Regentropfen stachen ihnen wie Nadeln ins Gesicht.
„Sherlock Holmes ist so etwas nie passiert“, beschwerte sich Belinda.
„Doch, natürlich“, sagte Holly und bemühte sich, möglichst fröhlich zu klingen. „Erinnerst du dich nicht mehr an den *Hund von Baskerville*? Er und Watson verbrachten Stunden im Moor. Und die haben es auch überlebt, oder etwa nicht?“
„Sherlock Holmes hat alles überlebt“, murmelte Belinda.
„Ja, und das wird der Mystery Club auch“, beruhigte Holly sie.
Sie erreichten die Hügelkuppe und begannen mit dem Abstieg. Dabei folgten sie einem schmalen Schafspfad, der sich bergab durchs Heidekraut schlängelte. Der Boden war gefährlich glatt, und die drei gerieten mehrmals ins Rutschen und mussten sich aneinander festhalten, um nicht hinzufallen. Der Nebel war inzwischen so dicht geworden, dass sie

einander gerade noch als schemenhafte Figuren ausmachen konnten.

Tracy starrte in das Zwielicht. „Oh, Mann, ich hoffe nur, dass sich der Nebel bald verzieht. Stellt euch vor, wir landen am Devil's Leap. Wir würden in den Abgrund stürzen, ohne ihn vorher gesehen zu haben!"

„Wir sind nicht einmal in der Nähe vom Devil's Leap", beruhigte Holly sie. „Vertrau mir."

„Vorausgesetzt, dass wir immer noch in die richtige Richtung gehen", wandte Belinda ein. „Wie weit ist es noch, Holly?"

„Ich bin mir nicht sicher", sagte Holly, die sich mittlerweile wünschte, sie wären nicht hierher gekommen. Auf einmal erschien es ihr ziemlich leichtsinnig, im dichten Nebel durchs Moor zu wandern. Es ging wieder bergauf. Plötzlich packte Tracy Belinda am Arm. „Psst!"

Man hörte ein Rascheln, ein Knacken und dann das Tappen von Füßen. Eine unheimliche Gestalt bewegte sich auf die Mädchen zu, und sie machte ein merkwürdiges Geräusch ... *bääh*.

Die drei Freundinnen brachen in Gelächter aus. „Seit wann haben wir Angst vor Schafen?", fragte Tracy lachend.

Kurze Zeit später hörten sie Wasser rauschen.

„Das muss der Bach sein." Holly holte die Karte hervor. „Ja, das ist er. Wir sind auf dem richtigen Weg. Ich sagte doch, dass ihr alles mir überlassen könnt. Ich bin der geborene Navigator!"

„Das glaube ich erst, wenn wir wirklich dort sind", sagte Belinda.

„Ich auch", fügte Tracy hinzu.
Als sie den Bach erreichten, erschraken sie. Was auf der Karte aussah wie ein winziges Rinnsal, war in Wirklichkeit ein reißender Fluss, der nur wenige Meter neben ihnen in eine tiefe Felsspalte schoss. Das Wasser rauschte mit Donnergetöse den Abgrund hinunter.
„Toll!", sagte Belinda und stemmte die Hände in die Hüften. „Die Niagarafälle. Hat zufällig jemand ein Fass dabei?"
„Wir wollen auf die andere Seite und nicht in den Abgrund", kritisierte Holly. „Hat jemand von euch eine Idee?"
„Wir könnten ein Kanu bauen", schlug Tracy vor.
Sie standen am Ufer und betrachteten enttäuscht das reißende Wasser. Holly schaute noch einmal auf die Karte. „Das muss die Jakobsleiter sein", sagte sie und zeigte auf die Felsspalte.
„Das ist doch egal", sagte Belinda. „Wir brauchen keine Leiter, sondern ein Boot."
„Wir werden hindurchwaten müssen", entschied Tracy. „Schließlich sind wir nicht so weit gelaufen, um jetzt aufzugeben."
„Wer hat denn etwas von Aufgeben gesagt?", fragte Holly und begann, Schuhe und Socken auszuziehen.
Die anderen folgten ihrem Beispiel. Sie stopften sich die Socken in die Taschen, knoteten die Schnürsenkel zusammen und hängten sich die Schuhe um den Hals.
„Ich gehe zuerst." Holly kletterte über die Felsen zum Ufer. Alle drei schnappten nach Luft, als das eisige Wasser ihre nackten Beine umspülte. Sie hielten sich an den Händen, stemmten sich gegen die Strömung und begannen, langsam

ans andere Ufer zu waten. Das Flussbett unter ihren nackten Füßen war uneben und glitschig. Sie stießen sich die Zehen an scharfkantigen Steinen und knickten alle mehrmals um, als Steine unter ihren Füßen wegrutschten. Trotzdem kämpften sie sich unbeirrbar vorwärts.

„Ist mit euch beiden alles in Ordnung?" Hollys Stimme übertönte kaum das Tosen des Wassers.

„Hab mich nie besser gefühlt!", rief Belinda.

Plötzlich kam ein riesiger, abgebrochener Ast den Fluss herunter. Er prallte gegen einen Felsen, wurde in die Luft geschleudert und trieb dann direkt auf die Mädchen zu.

Tracy drehte sich gerade noch rechtzeitig um. Vor Schreck riss sie die Augen weit auf. Der schwere Ast trieb genau auf sie zu!

„He, passt auf!", brüllte sie.

Doch es war zu spät. Der Ast prallte von hinten gegen Belindas Beine. Sie verlor das Gleichgewicht und ließ Tracys Hand los. Sie ruderte verzweifelt mit den Armen, um nicht ins Wasser zu fallen.

„Belinda!" Holly reagierte blitzschnell und packte Belinda hinten an der Jacke. Einen Augenblick lang sah es so aus, als würden beide in die Fluten stürzen, doch sie gewannen ihr Gleichgewicht wieder.

„Danke!", rief Belinda. „Nicht gerade das richtige Wetter zum Baden!"

Holly lächelte. Die Freundinnen hielten sich wieder an den Händen und wateten weiter. Endlich erreichten sie das andere Ufer. Sie stiegen aus dem Wasser und fielen abgekämpft auf die Knie.

„Wahnsinn!“, schnaufte Tracy. „Alles klar bei euch?“
„Wundervoll“, bestätigte Belinda und wrang den Saum ihrer Jacke aus.
„Und wie!“, sagte Holly und betrachtete entnervt ihre klatschnasse Jeans. „Ich werde vermutlich eine Lungenentzündung kriegen, aber davon abgesehen ist alles bestens.“
„Also gut!“ Belinda sprang auf und legte eine nie da gewesene Energie an den Tag. „Wie weit ist es noch, Holly? Milton ist hier irgendwo und wir müssen ihn finden!“
Holly holte die Karte heraus. „Um ehrlich zu sein: Ich weiß es nicht.“
„Sag nicht, dass wir uns verirrt haben!“, rief Belinda.
„Es wäre viel einfacher, wenn wir sehen könnten, wohin wir gehen“, verteidigte sich Holly. Sie kämpfte sich auf die Füße. „Ich bin mir zumindest sicher, dass die Richtung immer noch stimmt.“
Schweigend gingen sie weiter. Der Boden war weich und federte unter ihren Füßen. Neben dem schlammigen Pfad wuchsen stachlig aussehende, hohe Grasbüschel und ein saurer Geruch stieg vom Boden auf. Unter ihren Füßen schmatzte die feuchte Erde und die drei hatten das Gefühl, bei jedem Schritt tiefer einzusinken.
„Heh!“, rief Holly. Ihre Füße waren eingesunken. Schwarzer, ekliger Schlamm quoll ihr über die Schuhe. Sie versuchte, einen Fuß wieder herauszuziehen, doch er steckte fest. Es ertönte ein Gurgeln und die Erde schien zu sieden und zu brodeln wie ein Vulkan. Ihre beiden Füße sanken noch tiefer ein. Holly begann zu zappeln, doch der Schlamm zog sie mit jeder Bewegung tiefer ins Moor. Dann war ein

Blubbern zu hören, wie wenn Wasser durch einen Abfluss fließt. Holly steckte bis über beide Knie im Schlamm. In Panik breitete sie die Arme aus. „Helft mir – ich versinke!“
Belinda und Tracy starrten sie entsetzt an.
„Oh nein!“, jammerte Belinda. „Tracy, was sollen wir jetzt nur tun?“
„Schnell!“ Tracy warf sich flach auf den Boden und riss Belinda mit. Sie streckte die Arme aus. „Nimm meine Hand, Holly. Gut festhalten!“
Die beiden hielten Hollys Hände fest und zogen mit aller Kraft, doch es war unmöglich, Holly aus dem Moorloch zu ziehen. Der Schlamm zog sie tiefer und tiefer hinab.
„Es klappt nicht“, keuchte sie. „Ich bewege mich nicht.“
„Zieh!“, keuchte Tracy.
Endlich spürte Holly, wie der Schlamm nachgab. Erst löste sich ein Bein, dann das andere. Es gurgelte und zischte und mit letzter Kraft zogen Belinda und Tracy Holly aus dem Moor.
Alle drei lagen erschöpft auf dem Boden und schnappten nach Luft. Holly stand als Erste wieder auf. Entsetzt sah sie an sich herunter. Ihre Jeans und Turnschuhe waren mit dickem schwarzem Schlamm bedeckt.
„Ich komme mir jetzt vor wie das Monster aus dem Sumpf“, sagte sie mit einem humorlosen Grinsen. „Meine Mutter wird ausflippen. Das war meine beste Jeans.“ Sie hob ein Bein. „Und seht euch meine Turnschuhe an! Die kriege ich nie wieder sauber!“
Belinda erhob sich ebenfalls.
„Wenn wir zurückkommen, kannst du die Sachen bei uns in

die Waschmaschine stecken. Aber nun kommt, sonst finden wir den Hof nie.“

Doch nach einer weiteren halben Stunde Wanderung durch das Moor war ihnen klar, dass sie sich verirrt hatten. Sie setzten sich auf einen Felsen und betrachteten die Karte.

„Was ist das?“, fragte Belinda und deutete auf einen kleinen schwarzen Punkt.

„Eine Schäferhütte“, sagte Holly. Es fiel ihr schwer, den anderen einzugestehen, dass sie nicht die geringste Ahnung hatte, wo sie sich befanden.

„Diese Hütte habe ich gerade gesehen“, sagte Tracy und zeigte in die Richtung, aus der sie gekommen waren. „Wahrscheinlich sind wir im Kreis gelaufen.“

Holly schlug ihr spielerisch mit der Karte auf den Kopf. „Warum hast du das nicht gleich gesagt?“

„Das habe ich doch gerade!“, erwiderte Tracy empört.

Holly grinste und deutete auf einen anderen Punkt auf der Karte. „Dann ist jetzt alles klar. Da ist sie – die Hill Beck Farm.“

Vor ihnen begann sich der Nebel etwas zu lichten. Tracy sprang auf. „Los, Wettrennen!“

Belinda stöhnte. Holly warf noch einen Blick auf die Karte. Sie entdeckte die Straße von Willow Dale, den Hügel, den Bach und jetzt, da sie genauer hinsah, auch den Hügel mit den langen Grasbüscheln, den Anzeichen für eine sumpfige Stelle.

Belinda, die neben ihr stand, deutete auf die Karte. „Was bedeutet dieses Symbol?“

Holly drehte die Karte um und las die Zeichenerklärung.

„Der Legende zufolge steht es für eine tiefe Schlucht.“ Sie starrte Belinda entsetzt an. „Genau dorthin ist Tracy gerannt!“ Sie sprang auf. „Tracy, warte!“

Doch Tracy war fort und sie konnten sie nirgendwo entdecken. „Traacyy!“ Hollys Stimme verhallte.

Belinda sprang auf. „Wir müssen hinterher!“

Als sie sie endlich einholten, stand Tracy am Rande des Abgrunds und starrte erschrocken nach unten.

„Bist du in Ordnung?“, keuchte Holly.

Tracy drehte sich mit einem breiten Grinsen um. „Klar, du Wunder-Navigator. Du findest sicher auch eine Möglichkeit, die Schlucht zu überqueren.“

„Ich bin doch kein Känguru!“, maulte Belinda.

„Da vorn gibt es eine Brücke“, sagte Holly. „Das wollte ich dir gerade erzählen, als du auch schon davongesaust bist wie ein Windhund, der einen Hasen gesehen hat.“

Jenseits der Brücke war der Nebel wie weggeblasen. Das Tal lag hier im hellen Sonnenlicht und direkt vor den Mädchen stand eine kleine Ansammlung baufälliger Gebäude. Die drei Freundinnen standen auf der Kuppe und sahen darauf hinab.

„Hill Beck Farm!“, verkündete Holly stolz. Ihre Navigation war zwar nicht perfekt gewesen, doch immerhin waren sie nun hier.

„Jippie!“, jubelte Tracy und begann, den Hügel hinunterzurennen.

„Ob sie es jemals lernen wird?“, fragte Holly grinsend. „Na komm, Belinda. Mal sehen, ob wir Milton hier finden!“

Kapitel 12

Gefahr auf der Hill Beck Farm

Die Hill Beck Farm bestand aus einem Haufen zusammengewürfelter Wellblechschuppen, die alle ziemlich verrostet waren. Einige von ihnen standen schon bedrohlich schief und auf dem Kopfsteinpflaster im Hof sprossen Gras und Unkraut. Eine Wand des einzigen gemauerten Gebäudes war eingestürzt – wahrscheinlich war es einst das Wohnhaus gewesen. Rund um das Grundstück war ein hoher Maschendrahtzaun aufgestellt worden und am Tor hing ein großes Warnschild.

„Betreten verboten – Lebensgefahr", stand in roten Großbuchstaben darauf.

„Nicht gerade der richtige Ort, um Pferde zu halten", stellte Belinda enttäuscht fest. Sie waren am Fuß des Hügels angekommen und überlegten, wo sie ihre Suche nach Milton beginnen sollten. „Wie hat er sie wohl hergebracht?"

„Es gab hier mal eine Zufahrt", sagte Holly. „Und es sieht aus, als wäre erst vor kurzem ein Lastwagen hier gewesen."

Sie ging los, um sich die tiefen Reifenspuren im Schlamm genauer anzusehen. Die beiden anderen folgten ihr.
Die drei starrten einander an. „Jack Pierce“, sagten sie wie aus einem Mund.
Belinda sah sich hektisch um. „Aber wo ist Milton?“, rief sie verzweifelt. „Doch wohl nicht in einem dieser schrottreifen Schuppen? Mein armer Kleiner!“
„Ich werde nachsehen“, sagte Tracy und stieg über das Tor. „Wir sind schließlich den ganzen Weg gelaufen, um uns Gewissheit zu verschaffen.“
Die beiden anderen folgten ihr über den Zaun.
„Sei bloß vorsichtig“, rief Holly. Zu Belinda sagte sie: „Sieh du dich dort hinten um. Ich übernehme solange diesen Teil der Farm.“
„Ist gut“, antwortete Belinda. „Ich rufe dich, wenn ich etwas finde.“
Holly ging auf den höchsten der Wellblechschuppen zu. Das Gras vor dem Schuppen reichte ihr fast bis zum Bauch. Überall lagen rostige Metallteile herum, deren ursprünglicher Verwendungszweck jedoch nicht mehr zu erkennen war. An manchen Stellen war der Boden eingesunken, als ob dort etwas dicht unter der Oberfläche vergraben war. Holly konnte Tracy sehen, die gerade einen vorsichtigen Blick in das alte Bauernhaus warf. Belinda saß auf einem Grasbüschel und putzte ihre Brille am Ärmel ihres Sweatshirts.
Als Holly sich wieder umdrehte, um weiterzugehen, tat sich ein Abgrund vor ihr auf. Sie warf die Arme zur Seite und versuchte, etwas zu erwischen, an dem sie sich festhalten konnte. Erdbrocken und Grasbüschel lösten sich unter ihren

Händen, als sie verzweifelt versuchte, einen Halt zu finden, doch es war hoffnungslos. Sie stürzte durch ein Loch im Boden in die Tiefe. Einen schrecklichen Augenblick lang fürchtete sie, der Sturz würde nie ein Ende nehmen. Sie kreischte und krallte die Finger in die Schachtwände. Ihre Fingernägel splitterten, als sie hektisch nach herausragenden Baumwurzeln und Felsbrocken griff. Holly schrie wieder, doch der tiefe Schacht schluckte den Schrei. Dann war nur das Prasseln der Erdbrocken und Steine und das dumpfe Dröhnen zu hören, als sie auf dem Boden aufschlug.

Tracy hatte in einem der leer stehenden Gebäude etwas entdeckt. „Belinda!", rief sie aufgeregt. „Komm mal her!"
Belinda kam aus einem der Schuppen und rannte zu ihr. Tracy zeigte auf einen frischen Heuballen. Daneben lehnte eine Forke an der Wand.
„Das bedeutet, dass Milton hier irgendwo sein muss", sagte Belinda. „Aber ich habe schon überall nachgesehen und ihn nirgendwo entdeckt. Es ist hoffnungslos, Tracy. Wir können ebenso gut nach Hause gehen."
„Gib doch nicht so schnell auf", sagte Tracy. „Wir finden ihn ganz bestimmt. Komm, wir fragen Holly, ob sie mehr Glück hatte."
Sie waren gerade wieder draußen, als Tracy plötzlich stehen blieb. Sie packte Belindas Arm. „Ach du Schreck, hörst du das?"
Ein Dieselmotor brummte, und in dem Moment sahen sie den Lastwagen, der die alte Straße auf die Farm zukam.

„Schnell!“ Tracy zog Belinda mit sich in den Schuppen. „Ins Heu!“
Die beiden krochen in den Heuhaufen und warfen große Büschel über sich. Dann lagen sie bewegungslos und wagten kaum zu atmen. Staub drang Belinda in die Nase und sie nieste laut.
„Psst!“, zischte Tracy. Sie konnte nur hoffen, dass Holly den Lastwagen gehört und sich rechtzeitig versteckt hatte.
Der Laster hatte die Farm nun fast erreicht und rumpelte und schwankte über die holprige Straße. Am Tor hielt er an. Jack Pierce stieg aus und streckte sich.
Tracy hob den Kopf. Durch den schiefen Türrahmen des Schuppens konnte sie beobachten, wie er in die Knie ging, um sich etwas auf dem Boden anzusehen.
„Was macht er?“, flüsterte Belinda.
„Ich bin mir nicht sicher.“ Tracy hob ihren Kopf etwas höher. „Er hat etwas neben dem Tor gefunden.“ Sie sah, wie Jack Pierce sich wieder aufrichtete und sich mit finsterer Miene prüfend umsah. Plötzlich war Tracy klar, was er am Tor gesehen hatte. Sie zog den Kopf wieder ein und flüsterte Belinda ins Ohr. „Ich glaube, er hat unsere Fußspuren im Schlamm entdeckt.“
„Oh nein!“, jammerte Belinda. „Was sollen wir jetzt tun?“
Tracy konnte nur noch den vor dem Tor stehenden Lastwagen sehen. Jack Pierce war bestimmt in einem der Gebäude verschwunden.
„Den Kopf unten behalten!“, sagte sie und kroch tiefer ins Heu. „Er ist auf die andere Seite gegangen. Vielleicht hat er Milton da versteckt.“

Doch Jack Pierce war wieder herausgekommen und lief nun direkt auf sie zu. Die beiden lagen auf dem Bauch und hatten Herzklopfen. Jetzt war er bei ihnen im Schuppen. Tracys Fäuste waren geballt. Was würde er mit ihnen machen, wenn er sie erwischte?

Er blieb in der Tür stehen und sah sich um. Dann hörten die beiden Mädchen voller Entsetzen, wie die Zinken der Forke über den Steinboden scharrten. Er begann, ziellos auf den Heuhaufen einzustechen. Tracy hätte beinahe aufgeschrien, als die gefährlichen Zinken wenige Zentimeter von ihrer Nase entfernt ins Heu schlugen. Sie biss sich auf die Lippe, um sich nicht zu verraten.

Pierce stach erneut zu. Die scharfen Zinkenspitzen klirrten auf dem Steinboden. Beim nächsten Mal fuhren die Zinken dicht an Belindas Gesicht vorbei. Sie atmete gepresst aus, bewegte jedoch keinen Muskel. Ein einziger Schrei oder eine Bewegung würde genügen, und er hätte sie erwischt.

Pierce fluchte und stach ein letztes Mal zu. Diesmal stachen die Zinken direkt durch den Ärmel von Belindas Sweatshirt. Sie kniff ihre Augen fest zu. Ein Glück, dass er nur das Sweatshirt erwischt hatte! Pierce fluchte noch einmal und warf die Forke weg. Dann verließ er den Schuppen, blieb draußen kurz stehen und ging schließlich quer über den Hof davon.

Ein paar Minuten später hob Tracy den Kopf und riskierte einen Blick. Pierce war verschwunden. Sie hörte, wie eine Tür zuschlug und der Lastwagen ansprang. Tracy wartete noch einen Moment und richtete sich dann auf. „Ich glaube, er ist weg. Bleib du hier, ich sehe nach.“

Belinda stand ebenfalls auf und zupfte sich Heuhalme von der Brille. „Sei bloß vorsichtig, Tracy!"
Tracy schlich zur Tür und warf einen Blick nach draußen. Der Lastwagen war fort. Niemand war zu sehen, weder Jack Pierce noch Holly – ihr Glück. Sie war anscheinend schlau genug gewesen, sich ebenfalls zu verstecken, bis er wieder fort war.
Plötzlich fiel Tracy auf, dass das Tor offen stand und neue tiefe Reifenspuren auf den Hof führten. Pierce hatte die Farm gar nicht verlassen! Er hatte den Laster nur bis auf den Hof gefahren und neben einem der Schuppen geparkt. Tracy drehte sich um und wollte Belinda warnen, doch da packte sie auch schon ein Arm am Hals. Sie waren Jack Pierce in die Falle gegangen!
„Loslassen!" Tracy trat um sich und kämpfte mit aller Kraft. Doch es hatte keinen Sinn. Er hielt sie umklammert wie ein Schraubstock.
„Lassen Sie sie los!" Belinda kam angerannt und trat ihm kräftig gegen das Bein. Doch dann sprang sie entsetzt zurück. Pierce hatte das Bolzenschussgerät aus der Tasche gezogen. Er verzog das Gesicht zu einer Grimasse, die vermutlich ein Lächeln darstellen sollte.
„Das wirkt immer noch, stimmt's?", sagte er. „Aber nun habe ich endgültig genug davon, euch immer wieder auf meinem Grund und Boden zu erwischen." Er stieß Tracy in Richtung eines kleinen Häuschens mit einer Holztür. Aus seiner Tasche holte er ein Stück Kordel und versetzte ihr einen zweiten Stoß. „Da rein." Belinda zog er mit sich. „Du auch, Dicke." An der Tür befahl er ihnen stehen zu bleiben.

Er drückte Belinda die Kordel in die Hand. „Fessle deine Freundin", befahl er.
„Aber ...", stieß Belinda hervor.
„Mach schon!" Er schwenkte drohend die Waffe. „Das Ding hier funktioniert bei Menschen genauso gut wie bei Tieren. Die Hände auf den Rücken!", befahl er Tracy. Er stieß Belinda an. „Aber schön stramm!"
Als Belinda Tracy gefesselt hatte, prüfte er, ob die Knoten fest genug waren, und schubste Tracy dann ins Häuschen. Er nahm noch ein Stück Kordel und verschnürte Belinda die Hände vor dem Bauch, so fest er nur konnte. Belinda versuchte, sich zu wehren, doch es nützte ihr nichts. Er schnürte sie zusammen wie ein Postpaket. Dann stieß er sie zu Tracy hinein und schlug die Tür hinter ihnen zu. Sie hörten, wie sich der Schlüssel im Schloss drehte. Danach herrschte Stille.
Tracy saß auf einer alten hölzernen Klobrille.
„Ein altes Plumpsklo ist ein toller Platz für einen Urlaub!"
Belinda stand mit dem Rücken zur Tür.
Die beiden konnten sich in dem engen Häuschen kaum bewegen. Durch einen Spalt unter der Tür und durch drei Löcher weiter oben drang etwas Licht ein. Belinda stellte sich auf ihre Zehenspitzen und schaute durch eines der Löcher nach draußen.
„Ich kann Holly nirgendwo entdecken", sagte sie. „Ich wette, sie hat alles mit angesehen."
Tracy versuchte, ihre Hände freizubekommen. „Das hoffe ich. Ihr wird bestimmt etwas einfallen, wie sie uns befreien kann. Dieser Ort ist zu klein für zwei Leute. Vor allem dann, wenn einer von ihnen deine Körpermaße hat."

Belinda war gekränkt. „Und das nur, weil dieser schreckliche Mann mich Dicke genannt hat. So dick bin ich doch gar nicht, oder?“
Tracy grinste. „Vollschlank trifft es vielleicht am ehesten.“
Belinda rümpfte die Nase. „Ich kann nichts dafür, dass ich einen so gesunden Appetit habe.“
Tracy kämpfte noch immer gegen ihre Fesseln. „Wenn Holly uns nicht bald findet, bist du um einiges dünner, wenn wir endlich hier herauskommen.“
„Wir hätten ein paar von den Broten aufheben sollen“, sagte Belinda.
„Ja“, stimmte Tracy ihr zu. „Das hier ist ein toller Platz für ein Picknick!“
Belinda sah noch einmal durch die Löcher. „He, diesmal fährt er wirklich weg!“ Der Lastwagen war vom Hof gerollt und rumpelte nun den Feldweg entlang. Belinda drehte sich grinsend zu Tracy um. „Er wäre stinksauer, wenn er wüsste, dass Holly die ganze Zeit hier war.“
Es dauerte nur etwa zehn Minuten, bis den beiden klar wurde, dass Holly ihnen nicht zu Hilfe kommen würde.
„Wo steckt sie bloß?“, fragte Tracy gereizt.
Sie riefen wieder und wieder nach ihr, doch Holly war nirgendwo zu sehen.
Belinda war besorgt. „Ob ihr etwas passiert ist?“
Tracy zuckte mit den Achseln. „Keine Ahnung, aber es sieht so aus, als müssten wir uns selbst befreien.“ Sie zerrte noch einmal an den Fesseln. Die grobe Kordel scheuerte ihr die Haut auf. „He, Belinda, versuch doch, die Knoten aufzumachen.“

„Und wie stellst du dir das vor?“, fragte Belinda.
„Ich drehe mich um und du versuchst, sie aufzubekommen.“
Tracy schaffte es tatsächlich, sich umzudrehen. Belinda verzog vor Anstrengung das Gesicht, als sie mit den Knoten kämpfte. Es war nicht leicht, Knoten zu lösen, wenn die eigenen Hände gefesselt waren. „Es geht nicht“, sagte sie schließlich, und auf ihrer Stirn bildeten sich Schweißtropfen. „Wir würden jetzt Unterricht bei einem Entfesselungskünstler brauchen!“
„Für den ist hier aber kein Platz mehr“, konterte Tracy.
Über ihren Köpfen hing ein alter verrosteter Spülkasten aus Eisen. Belinda sah nach oben. „He, wenn ich mich auf den Klodeckel stelle, kann ich die Schnur vielleicht an der Kante durchscheuern. Sie sieht ziemlich scharf aus!“
Es war einen Versuch wert. Tracy drückte sich an die Seite und Belinda kletterte ungeschickt auf den Klodeckel. Ihre Arme schmerzten, als sie das Bindegarn an der scharfen Kante hin und her scheuerte. Sie stöhnte. „Meine Arme fallen gleich ab!“ Sie ließ die Arme fallen und lehnte sich mit vor Anstrengung rotem Gesicht gegen die Wand.
Doch Tracy konnte sehen, dass der Strick bereits ein Stück eingeschnitten war. „Nur noch ein paarmal“, feuerte sie Belinda an. „Es wird klappen!“
Und tatsächlich, kurze Zeit später faserte sich die Schnur vollends auf und riss. Belinda sprang herab und rieb sich die Handgelenke. „Perfekt“, sagte sie. „Jetzt versuche ich es noch mal bei dir.“
Minuten später hatte auch Tracy die Hände frei. Sie streifte

den Rucksack ab und fuhr sich durchs Haar. „Wer braucht schon einen Entfesselungskünstler?“, fragte sie grinsend. „Jetzt müssen wir nur noch die Tür aufbrechen!“

„Nur noch?“, fragte Belinda. „Ist das alles?“

„Das dürfte kein Problem sein“, sagte Tracy und stemmte eine Schulter gegen die Tür. „Ich finde, sie sieht ziemlich verrottet aus.“ Tracy drückte mit aller Kraft gegen die Tür, doch sie bewegte sich keinen Millimeter. Sie versuchte es noch einmal und keuchte vor Anstrengung. „Es hat keinen Sinn – sie rührt sich nicht.“ Sie bückte sich und sah durchs Schlüsselloch. „Der Schlüssel steckt noch im Schloss“, stellte sie fest.

„Das nützt uns nicht viel“, bemerkte Belinda.

Tracy schaute nachdenklich drein. „Wenn wir ihn irgendwie erwischen könnten ...“

Belinda fächelte sich mit der Landkarte aus dem Rucksack Luft zu. Plötzlich hielt sie inne. „He“, sagte sie und ihre Augen leuchteten. Sie entfaltete die Karte. „Wenn wir die Karte unter der Tür durchschieben und dann den Schlüssel von dieser Seite aus dem Schloss stoßen ...“

Tracy begann zu strahlen. „... und wenn er dann noch auf der Karte landet, können wir ihn zu uns hereinziehen!“ Sie suchte bereits nach etwas, mit dem sie den Schlüssel herausstoßen konnten. Plötzlich fiel ihr etwas ein. Sie zerrte die Fototasche aus dem Rucksack. „Ich habe immer einen Stift dabei.“ Sie zeigte Belinda den schmalen, goldfarbenen Kugelschreiber. „Den hat Kurt mir zum Geburtstag geschenkt.“

„Super!“ Belinda kniete sich hin und schob die Karte unter der Tür hindurch. „Das müsste reichen.“

Tracy steckte den Kugelschreiber ins Schlüsselloch, drehte den Schlüsselbart in die richtige Position und stieß dann zu. Es war nicht zu überhören, wie der Schlüssel auf der anderen Türseite zu Boden fiel.

Belinda knirschte vor Aufregung mit den Zähnen. Ganz vorsichtig zog sie die Karte zu sich heran.

„Oh, bitte“, flüsterte Tracy. „Bitte lass ihn auf der Karte liegen!“

Kapitel 13

Ein genialer Plan

Holly strich sich das Haar aus dem Gesicht und setzte sich mit einem Stöhnen auf. Dann kämpfte sie sich auf die Füße. Der Aufprall hatte ihr den Atem genommen. Sie hatte das Gefühl, ihr ganzer Körper wäre voller blauer Flecken. Ihre Hände waren zerkratzt und schmerzten. Wo war sie bloß gelandet? Um sie herum war es düster, fast dunkel. Nur wenig Licht fiel durch das Loch ein, in das sie hineingestürzt war. Holly sah hoch und konnte über ihrem Kopf ein kleines Stückchen Himmel sehen. Die Wände des Schachtes waren glatt. Eines ist klar, dachte sie beklommen, auf demselben Weg, auf dem ich hineingekommen bin, komme ich auf keinen Fall wieder heraus.

Als sich ihre Augen an das Dämmerlicht gewöhnt hatten, sah Holly, dass sie sich in einer Art Tunnel befand. Plötzlich fiel ihr ein schwacher Lichtschein am Ende des Tunnels auf. Mit etwas Glück würde sie auf diesem Weg wieder ins Freie kommen.

Sie begann, sich durch den Tunnel zu tasten. Der Boden war mit Steinen übersät und am Tunnelende stapelten sich große Brocken bis fast zur Decke. Das Licht, das sie gesehen hatte, fiel durch einen winzigen Spalt zwischen den Steinbrocken. Holly schlug das Herz bis zum Hals. Sie musste es schaffen, aus diesem Schacht herauszukommen. Tracy und Belinda machten sich bestimmt schon Sorgen um sie. Vielleicht würden sie sie hören, wenn sie nach ihnen rief.

„Tracy!“, brüllte Holly, so laut sie konnte. „Belinda!“ Ihre Stimme hallte durch den Tunnel und wurde zu ihr zurückgeworfen. Holly hielt den Atem an und lauschte. „Tracy!“, rief sie noch einmal. „Belinda!“

Holly war einer Panik nahe. Was wäre, wenn sie nie gefunden würde? Sie war hier drinnen lebendig begraben! Es gab nur eine Möglichkeit. Sie musste die Steine wegräumen und ein Loch schaffen, durch das sie hinauskriechen konnte. Sie fing an, die Brocken wegzuzerren, und achtete nicht auf die Schmerzen in ihren Fingern. Schwitzend hob sie einen Stein nach dem anderen aus dem Weg, bis die Öffnung endlich so groß war, dass sie hindurchkriechen konnte. Mit dem Kopf voran zwängte sich Holly durch das Loch, doch sosehr sie sich auch anstrengte, sie kam nicht weiter. Sie steckte fest!

„Oh nein“, keuchte sie und wand sich wie ein Aal. Sie holte tief Luft und konnte sich mit letzter Kraft durch das Loch zwängen. Mit ausgebreiteten Armen lag sie auf der anderen Seite auf dem Boden und schnappte nach Luft. Schließlich stand sie wieder auf und sah sich um. In einiger Entfernung fiel etwas Licht durch den Tunneleingang, doch sie war noch nicht ganz im Freien.

Holly rannte los. Plötzlich blieb einer ihrer Füße an etwas Hartem hängen und sie wäre beinahe gestürzt. Sie schaute nach unten und stellte fest, dass es sich dabei um ein schmales Bahngleis handelte, das zum Tunneleingang führte. Ein Stück weiter vorn lag eine kleine eiserne Lore umgekippt neben den Schienen und daneben konnte Holly ein paar alte Spitzhacken und Schaufeln entdecken. Da wurde ihr klar, wo sie sich befand. „Es ist ein alter Bergwerksstollen!", sagte sie zu sich selbst. Kein Wunder, dass der junge Polizist von einem Einsturz gesprochen hatte. Und es war auch kein Wunder, dass sie in den Schacht gefallen war. Der Stollen war eingestürzt und deshalb war die Familie Pierce weggezogen!

Holly rannte an den Schienen entlang auf den Tunneleingang zu, bis sie endlich wieder im Freien war. Sie holte tief Luft. „Belinda! Tracy! Wo seid ihr?" Sie konnte die beiden nirgendwo entdecken. Neben dem Tunneleingang hatte jemand eine behelfsmäßige Tür aus Wellblech aufgestellt. Es sah aus, als hätten ursprünglich zwei parallele Tunnel existiert. Vor der Tür lag noch mehr altes Werkzeug, darunter eine Hacke, eine Schaufel und ein paar Brechstangen.

Dahinter konnte Holly ein leises Wiehern und das Scharren von Hufen hören. Sie schaute durch einen Spalt neben der Türangel und sah zwei Pferde. Das eine war die graue Stute, deren Verladung Holly auf der Snowdrop Farm beobachtet hatte, und das andere war Milton. Hollys Herz machte einen Freudensprung. Sie hätte schreien können vor Glück!

„Belinda, Tracy – ich hab sie gefunden!" Holly stieß einen schrillen Freudenschrei aus, rannte auf den Hofplatz und

wartete darauf, dass ihre Freundinnen aus einem der Gebäude kommen würden. Doch als die beiden nicht auftauchten, lief Holly zurück zu den Pferden.
„Keine Angst, Milton“, rief sie durch die Tür. „Wir holen dich bald raus.“ Sie schaute noch einmal durch den Spalt. Diesmal fiel ihr auf, dass beide Pferde Heu vor sich liegen hatten und hungrig fraßen. Holly schluckte. Jemand war vor kurzem hier gewesen, vielleicht sogar in dem Moment, in dem sie sich einen Fluchtweg aus dem Tunnel gegraben hatte. Holly bemerkte die frischen Reifenspuren am Tor. Sie waren mit Sicherheit neu, denn als sie ankamen, waren sie ihr nicht aufgefallen. Holly wirbelte herum. „Belinda! Tracy! Wo seid ihr?“
Nichts rührte sich. Der Hof wirkte verlassen wie eine Geisterstadt. Die beiden würden bestimmt nicht ohne sie nach Hause gehen. Es sei denn – Holly erstarrte. War Jack Pierce etwa hier gewesen und hatte Tracy und Belinda beim Herumschnüffeln erwischt? Holly legte die Hände wie einen Trichter vor den Mund und rief noch einmal nach ihren Freundinnen.
Endlich kamen Tracy und Belinda hinter dem alten Wohnhaus hervor. Belinda hatte Heu auf dem Kopf und Tracy sah aus, als wäre sie rückwärts durch eine Hecke gezogen worden. Die drei starrten einander überrascht an.
„Holly!“, rief Belinda und musterte Hollys zerrissene Jeans, ihre zerkratzten Hände und ihr schmutziges Gesicht. „Wo bist du gewesen? Wir haben nach dir gerufen wie verrückt!“
„Ich bin in ein Loch gefallen“, berichtete Holly. „Aber wo habt *ihr* gesteckt? Ich habe auch pausenlos gerufen!“

„Wir waren im Klo eingesperrt!“, platzten Tracy und Belinda gleichzeitig heraus. Daraufhin mussten sie alle drei lachen.

Als sie sich wieder beruhigt hatten, berichtete Belinda, wie Jack Pierce sie ausgetrickst hatte.

„Und wir dachten, du hättest alles beobachtet und würdest uns zur Hilfe kommen“, sagte Tracy. „Wir haben uns echt Sorgen gemacht, als du nicht kamst.“

„Und ich dachte, ihr wärt ohne mich nach Hause gegangen“, rief Holly aus.

„Niemals!“ Belinda war entrüstet.

„Aber die gute Nachricht“, sagte Holly, „ist, dass ich Milton gefunden habe!“

Belindas Gesicht leuchtete auf. „Wo?“

„Komm mit, ich zeige es dir.“

Holly führte die beiden zu dem Tunneleingang, hinter dem Milton und das graue Pferd standen.

„Wir müssen sie rausholen.“ Entsetzt starrte Belinda auf das schwere Vorhängeschloss an der Tür. Sie riss daran herum. „Milton, mein Kleiner, ich werde dich befreien.“

Tracy stand daneben und sah ihr zu. „Ich wüsste nicht, wie wir das anstellen sollen.“

Sie suchten etwas, mit dem sie das Schloss zerschlagen konnten. Tracy versuchte es mit einer Brechstange, doch das Schloss widerstand allen Schlägen.

„Lass mich mal versuchen.“ Belinda übernahm die Brechstange, hatte aber auch nicht mehr Erfolg. Sie sah aus, als wollte sie in Tränen ausbrechen. „Der ganze, weite Weg“, jammerte sie, „und jetzt können wir ihn nicht befreien.“

„Ich habe eine Idee." Holly rannte los, um die Spitzhacke zu holen, die sie im Tunneleingang hatte liegen sehen.
„Super!" Belinda schöpfte neue Hoffnung. „Das müsste klappen!"
Holly schwang die Hacke im hohen Bogen und schmetterte sie gegen das Schloss, aber es sprang nicht auf.
„Lass mich mal!" Tracy nahm Holly die Spitzhacke aus den Händen. Auch sie holte weit aus und schlug dann mit aller Kraft zu. Das Schloss sprang hoch, löste sich aber nicht von der Tür.
„Es hat keinen Sinn", schnaufte sie. „Es rührt sich nicht."
„Dann bleibt uns nur noch eines übrig", entschied Holly. „Wir müssen Hilfe holen."
„Ich werde Milton auf keinen Fall hier lassen", verkündete Belinda entschlossen.
Holly nahm ihren Arm. „Belinda, denk doch nach. Er ist hier nicht in Gefahr. Ein bisschen länger hier zu bleiben, wird ihm nicht schaden."
„Aber Jack Pierce könnte ihn wegbringen", wendete Belinda ein. Ihre Augen füllten sich mit Tränen.
Holly schüttelte den Kopf. „Nein, erst will er noch ein Pferd stehlen, hast du das schon vergessen? Er wird Milton jetzt noch nicht wegbringen."
„Also gut", sagte Belinda zögernd. „Zumindest haben wir jetzt genug Beweise, um Jack Pierce einsperren zu lassen."
Tracy sah sie voller Zweifel an. „Haben wir die wirklich? Er könnte einfach bestreiten, Milton hergebracht zu haben. Dass die Pferde auf seinem Grundstück sind, bedeutet doch noch lange nicht, dass er sie auch gestohlen hat. Er könnte

behaupten, dass jemand sie ohne sein Wissen hier abgestellt hat."

„Aber er ist doch der Dieb!", protestierte Belinda.

„Das muss die Polizei ihm erst beweisen", sagte Holly und runzelte die Stirn. „Was wir wirklich brauchen, ist ein Geständnis."

„Und das werden wir bestimmt nicht bekommen", bemerkte Tracy.

„Wohl nicht", gab Holly zu. „Das bedeutet, dass wir ihm eine Falle stellen und dafür sorgen müssen, dass die Polizei dabei ist, wenn er die Diebstähle gesteht."

„Und wie wollen wir das anstellen?", fragte Belinda.

Holly nagte an ihrer Lippe. „Wir müssen Grant und Jack Pierce zusammenbringen."

„Vielleicht können wir sie dann dazu bringen, dass sie etwas sagen, was ihn belastet", schlug Tracy vor.

„Hmmm", sagte Belinda nachdenklich. „Wir wissen, dass Grant auf dem Turnier ist. Vielleicht können wir Pierce dazu überreden, auch zu kommen."

„Ja", sagte Holly, die fieberhaft nachdachte. Sie erinnerte sich daran, wie unglücklich Fran geklungen hatte, als sie Holly von Grants Problemen erzählt hatte. Vielleicht bedauerte sie es jetzt, Jack Pierce ebenfalls davon erzählt zu haben. Schließlich hatte sie zugegeben, dass sie manchmal zu viel redete. Jetzt konnten sie ihr eine Chance geben, den Schaden wieder gutzumachen.

„Ob Fran uns helfen würde?", überlegte Holly.

„Fran?", rief Belinda. „Aber sie hat doch Pierce von Grant erzählt!"

„Ich weiß", sagte Holly. „Aber ich hatte das Gefühl, dass es ihr inzwischen Leid tut und dass sie die Folgen dieses Gesprächs nicht absehen konnte. Ich finde, wir sollten sie fragen. Wenn sie uns nicht helfen will, müssen wir uns eben etwas anderes ausdenken."

Als die drei endlich wieder bei Belinda zu Hause eintrafen, war ihr Plan perfekt. Sie beschlossen, ihn sofort in die Tat umzusetzen.

„Ich werde Fran heute Abend anrufen", sagte Holly, als ihr Vater kam, um sie abzuholen. „Wir treffen uns dann morgen in der Teestube, und ich erzähle euch, was sie gesagt hat."

„Abgemacht", sagte Belinda. „Und wenn sie bereit ist, uns zu helfen, rufe ich Mrs Maylam an, sage ihr, dass wir ihr Pferd gefunden haben, und frage sie, ob sie uns auch hilft."

„Und dann sollten wir uns mit Frau Inspektor Hadcroft unterhalten", sagte Tracy. „Ich hoffe nur, dass sie bei unserem Plan mitmacht." Sie biss sich auf die Lippe. „Wenn nicht, weiß ich nicht, was aus dem armen alten Milton werden soll!"

Als Holly am nächsten Vormittag in die Teestube kam, platzte sie fast vor Aufregung. Tracy war bereits dort. Sie unterhielt sich mit Kurt, den sie unterwegs getroffen hatte. Er erzählte ihr etwas von Bowling-Techniken, doch Tracy hörte nur halb zu. Sie konnte sich auf nichts anderes konzentrieren als auf ihren Plan für den kommenden Tag.

Die Türglocke läutete und Holly kam herein. Sie holte sich am Tresen eine Cola und setzte sich neben Tracy.

Kurt erhob sich. „Tut mir Leid, Mädels. Ich muss los. Ich will morgen auf dem Turnier Fotos machen. Dafür muss ich noch Filme besorgen. Belinda wird ohne ihr Pferd wohl nicht kommen wollen, oder?"

Tracy zuckte die Achseln. „Vielleicht kommt sie zum Zusehen."

Kurt gab ihr einen Abschiedskuss. „Ist gut. Wenn ihr zusammen hingeht, werden wir uns dort bestimmt sehen."

Holly war erleichtert. Tracy hatte Kurt ganz offensichtlich nicht gesagt, was sie geplant hatten. Je weniger Leute davon wussten, desto besser.

Als Kurt gegangen war, war Tracys Neugierde nicht mehr zu bremsen. „Wie hat Fran reagiert?"

„Sie wird sich hier mit uns um elf Uhr treffen", berichtete Holly aufgeregt.

Tracys Augen funkelten. „Super. Was hast du ihr gesagt?"

„Ich habe gesagt, dass wir ihre Hilfe brauchen und dass sie damit auch Grant helfen kann."

„Wie sollten wir ihm denn helfen?", fragte Tracy und saugte den Rest ihres Milchshakes durch den Strohhalm.

„Es ist doch klar, dass Grant von den Pferdediebstählen weiß, auch wenn er sich geweigert hat, dabei mitzumachen. Er könnte der Mitwisserschaft angeklagt werden. Doch wenn die Polizei erfährt, dass er erpresst wurde, wird vielleicht keine Anklage erhoben."

Tracy nickte. „Das kann sein. Aber das wird den Buchmacher nicht davon abhalten, ihn vor Gericht zu bringen, oder?"

„Wahrscheinlich nicht", sagte Holly. „Aber damit muss Grant allein fertig werden. *Uns* geht es nur darum, Belindas Pferd wiederzubekommen und den Dieb hinter Schloss und Riegel zu bringen."

Die Türglocke läutete erneut und Belinda kam herein. Sie winkte den anderen zu und bestellte sich einen Eisbecher. Den Riss im Ärmel ihres Sweatshirts hatte sie mit schwarzem Faden zugenäht.

„Vielleicht wird daraus eine neue Mode", sagte sie und zeigte ihren Freundinnen das Meisterwerk. „Ich habe zu Hause zwar eine Menge von diesen Sweatshirts, aber das hier mag ich nun einmal am liebsten." Holly und Tracy verdrehten die Augen, doch das Gesicht, das Belinda machte, als die Kellnerin ihr Eis brachte, hielt sie davon ab, sie noch weiter aufzuziehen. Belinda starrte auf ihr Eis und nahm dann den Löffel in die Hand. Sie spielte eine volle Minute damit herum.

„Was ist denn, Belinda?", fragte Holly. „Hast du etwa keinen Hunger."

Belinda blickte unglücklich drein. „Ich musste daran denken, wie Jack Pierce ‚Dicke' zu mir gesagt hat." Sie sah Holly und Tracy ins Gesicht. „Meint ihr, ich sollte eine Diät machen?"

Tracy zuckte die Achseln. „Das musst du selbst wissen."

Belinda betrachtete den großen Eisbecher mit der Sahnehaube, der Schokoladensauce und den gehackten Nüssen. Dann grinste sie und stach den Löffel in die Köstlichkeit. „Ach, was soll's. Ich werde eben morgen mit der Diät anfangen."

Während sie aß, erzählte Holly ihr, dass Fran sich mit ihnen hier treffen wollte. „Hast du inzwischen mit Jenny Maylam gesprochen?“, fragte sie Belinda.

Belinda leckte ihren Löffel ab. „Habe ich“, bestätigte sie. „Sie freut sich, dass wir ihr Pferd gefunden haben, und sie findet unseren Plan mit Roddy geradezu genial. Morgen früh holt sie mich ab.“

„Perfekt“, sagte Holly. „Jetzt müssen wir nur noch Fran überreden, uns zu helfen.“

Genau in diesem Augenblick entdeckte sie Fran, die vor der Tür der Teestube stand und sich suchend umsah. Holly sprang auf und lief zur Tür. Sie führte Fran in das Lokal und an ihren Tisch.

„Das sind meine Freundinnen Tracy und Belinda“, sagte Holly.

Fran setzte sich und nahm ihr Kopftuch ab. „Hallo, ihr beiden.“

„Soll ich Ihnen etwas zu trinken holen?“, fragte Tracy.

Fran schüttelte den Kopf. „Nein, danke. Aber ich wüsste gern, worüber ihr mit mir sprechen wolltet.“

Holly ergriff das Wort.

„... und wir haben Sie auf dem Markt mit Jack Pierce beobachtet“, sagte sie. „Das beweist eindeutig, dass Sie ihn kennen.“

Zu ihrem Entsetzen begann Fran zu weinen. Sie suchte in ihrer Handtasche nach einem Taschentuch. Holly legte ihr einen Arm um die Schultern.

„Es tut mir Leid“, sagte sie. „Das wollte ich nicht.“

Fran schüttelte den Kopf und putzte sich die Nase. „Ich bin

so dumm gewesen“, schniefte sie. „Ich hätte mich nie mit Jack Pierce einlassen dürfen.“ Sie sah die drei Mädchen mit feuchten Augen an. „Ich dachte, er wäre ein netter Kerl. Ich habe ihn kennen gelernt, als er das Stroh für Grants Pferd geliefert hat. Dann habe ich ihn zu einer Tasse Kaffee eingeladen und wir haben uns unterhalten.“

Die Mädchen beugten sich neugierig vor. „Und wie hat er von Grants Geldproblemen erfahren?“, fragte Tracy.

„Ich habe es ihm erzählt“, gab Fran zu. „Es war der Tag, an dem Grant die Vorladung für seinen Gerichtstermin wegen der Wettschulden bekommen hatte. Ich habe mir solche Sorgen deswegen gemacht, dass ich unbedingt mit jemandem darüber sprechen musste. Wenn die Geschichte in die Zeitungen gekommen wäre, wären Grants Chancen für die Olympiamannschaft dahin gewesen. Und das hätte meine Mutter nicht überlebt!“

„Wussten Sie, dass Jack Pierce die Pferde gestohlen hat?“, fragte Holly sanft.

Fran schniefte und nickte. „Ja. Jack hat mir erzählt, dass er Grant gefragt hatte, ob er mitmachen wollte, doch Grant hat abgelehnt. Da hat er gedroht, meiner Mutter alles von der Gerichtsverhandlung zu erzählen, wenn wir ihn verraten würden.“

Holly tätschelte Fran mitfühlend die Schulter. „Fran, wenn Sie uns helfen, indem Sie Jack überreden, morgen auf dem Turnier zu erscheinen, und wenn unser Plan wirklich funktioniert, wird die Polizei erfahren, dass Grant selbst erpresst wurde.“

Fran antwortete nicht sofort. „Ja“, sagte sie nach kurzem

Nachdenken. „Ich werde euch dabei helfen. Ich fühle mich schrecklich, weil ich Jack von Grants Problem erzählt habe. Das Albernste daran ist, dass ich längst beschlossen hatte, meinem Bruder zu helfen. Ich hatte vor, eines der Schmuckstücke zu verkaufen, die mein Vater mir hinterlassen hat. Das Geld hätte gereicht, um die Buchmacher zu bezahlen und die Gerichtsverhandlung abzuwenden. Aber Jack Pierce hat mir davon abgeraten", fügte sie verbittert hinzu. „Ich muss den Verstand verloren haben!"

„Wenn die Polizei Grant nicht belangt", sagte Belinda, „muss Ihre Mutter gar nicht erfahren, was passiert ist."

Fran lächelte zaghaft. „Oh, das hoffe ich. Früher habe ich Grant immer um seine Erfolge beneidet. Ich hatte immer das Gefühl, dass nur er Glück im Leben hatte. Aber schließlich war es meine eigene Entscheidung, meine Pläne aufzugeben und mich nur noch um meine Mutter zu kümmern. Dazu hat mich niemand gezwungen." Fran seufzte. „Ich glaube, ich bin Jack Pierce auf den Leim gegangen. Er kann sehr nett sein, wenn er will. Wir waren beide einsam und schienen vieles gemeinsam zu haben."

„Wir machen doch alle mal einen Fehler", entgegnete Holly freundlich.

Fran lächelte verlegen. „Das stimmt." Sie warf einen Blick auf ihre Uhr und stand dann hastig auf. „Ich muss jetzt gehen. Meine Mutter macht sich bestimmt schon Sorgen. Das tut sie immer, wenn ich länger wegbleibe. Ich werde Jack morgen zum Turnier bringen, darauf könnt ihr euch verlassen." Sie band sich ihr Kopftuch wieder um und verließ die Teestube.

„So weit, so gut“, sagte Holly, als Fran gegangen war. Ihre Augen funkelten. „Jetzt gehen wir zur Polizei und sprechen alles mit Frau Inspektor Hadcroft ab. Drückt die Daumen, vielleicht ist morgen unser Glückstag!“

Kapitel 14

Tracy verschwindet

Am Tag des großen Reitturniers in Willow Dale schien schon morgens die Sonne. Heute fiel Belinda das Aufstehen leicht. Sie würde nicht nur einige der besten Springpferde des Landes sehen – dies war auch der Tag, an dem sie ihr Pferd wiederbekommen würde!

Als die drei Frau Inspektor Hadcroft von ihrem Plan erzählt hatten, war sie sofort bereit gewesen, die Mädchen zu unterstützen. Die Polizei kam mit dem Fall nicht voran, und der Plan des Mystery Clubs war dazu geeignet, die Diebe zu überführen. Die Inspektorin hatte den dreien versprochen, sich um elf Uhr, zu Beginn der Springprüfung für die Erwachsenen, mit ihnen auf dem Turnierplatz zu treffen. Wenn alles nach Plan verlief, würde sie mit einem Kassettenrekorder bereitstehen, wenn Jack Pierce sein Geständnis ablegte. Belinda konnte es kaum erwarten, sein Gesicht zu sehen, wenn sie auf einem Pferd in den Parcours ritt, das Milton bis aufs Haar glich!

Als Belinda die Treppe hinunterkam, sah sie, dass ihre Mutter das Haus schon verlassen hatte. Auf dem Küchentisch lag eine Nachricht von ihr. „Bin beim Frisör. Bis nachher“, stand auf dem Zettel.
Belinda verschlang einen Teller Cornflakes und mehrere Scheiben Toast mit Erdnussbutter. Dann ging sie wieder in ihr Zimmer, um sich anzuziehen. Sie war kaum fertig, als auch schon ein Pferdetransporter vorfuhr. Am Steuer saß Jenny Maylam von der Snowdrop Farm. Belinda riss das Fenster auf. „Ich komme!“, rief sie und rannte dann die Treppe hinunter.

Holly fuhr mit dem Rad zur Reitschule. Auf der schmalen Straße herrschte dichter Verkehr – unzählige Autos und Pferdetransporter waren auf dem Weg zum Turnier. Rund um den Turnierplatz standen Verkaufsstände und Buden, an denen verschiedene Dinge für wohltätige Zwecke verkauft wurden. Es sah aus, als wäre ganz Willow Dale auf dem Weg zu dieser Veranstaltung.
Als Holly ankam, herrschte schon geschäftiges Treiben. In einer Ecke des Parkplatzes zischte es laut. Dort hatte der Hufschmied gerade ein paar frisch geschmiedete Eisen zum Abkühlen in einen Wassereimer getaucht. Ein paar Reiterinnen warteten mit ihren Ponys auf einen neuen Hufbeschlag. Am Tor stand ein Einweiser, der den Teilnehmern Parkplätze für ihre Transporter und Anhänger zuwies. Die Verkaufsstände mit den Reitsportartikeln waren bereits gut besucht. Aus dem Lautsprecher ertönte die Stimme von Jake Barratt:

„Alle Teilnehmer der Jugendreiterprüfung werden gebeten, sich auf dem Dressurplatz einzufinden.“
Auf dem Springplatz gingen gerade die Teilnehmer der Jugendspringprüfung den Parcours ab. Holly ließ ihren Blick über die Menschenmenge schweifen, doch sie konnte Fran und Jack Pierce nirgendwo entdecken. In einiger Entfernung sah sie Mrs Harris und ihre Tochter Kelly. Das kleine Mädchen sprang fröhlich neben seiner Mutter her. Es hatte sich von seinem Sturz offenbar gut erholt. Holly schlenderte langsam an den Verkaufsständen vorbei.
„Hallo, Holly, möchtest du einen Preis gewinnen?“ Holly war überrascht, Jamies besten Freund Philip Owen an einem der Stände zu sehen. Neben ihm stand eine Holzkiste mit einem Loch im Deckel.
„Es ist für einen guten Zweck“, fügte er hinzu.
„So? Für den Jamie-und-Philip-Club?“, fragte Holly grinsend.
„Nein, Blindenhunde. Wir helfen meiner Mutter. Sie sieht sich gerade die Jugendreiterprüfung an. Komm schon, Holly, es kostet nur zehn Pence.“
Holly holte ein Zehn Pence-Stück hervor und gab es Philip. „Wo ist Jamie?“
„Er wollte sich ein Eis holen“, sagte Philip.
Holly steckte ihre Hand in die Kiste und zog einen Schokoriegel hervor. „Danke“, sagte sie abwesend, denn mit ihren Gedanken war sie schon längst nicht mehr bei ihrem Gewinn. Sie verabschiedete sich von Philip und begann, nach Frau Inspektor Hadcroft Ausschau zu halten. Die Mädchen hatten sie gebeten, in Zivil zu erscheinen, denn wenn Jack

Pierce eine Uniform sah, würde er sicher misstrauisch werden.
Endlich entdeckte Holly die Polizistin. Sie stand am Erste-Hilfe-Zelt und sah sich die Reiter und Ponys an, die gerade auf den Dressurplatz strömten. Sie trug ein übergroßes T-Shirt und Leggings. Der junge Polizist war auch wieder dabei. Er hatte Jeans und ein Polohemd an.
Holly seufzte erleichtert und warf einen Blick auf ihre Uhr. Viertel vor elf. Es wurde allmählich Zeit, dass Tracy auftauchte. Es passte gar nicht zu ihr, so spät zu kommen.
Holly schlenderte weiter herum und sah den Pferden und Reitern auf dem Abreiteplatz zu. Als sich auch die Tribünen am Springplatz füllten, lag eine spürbare Spannung in der Luft. In fünfzehn Minuten sollte die wichtigste Prüfung des Tages beginnen – das Springen um den Pokal der Reitschule, an dem auch Belinda und Grant teilnehmen würden.
Dann entdeckte Holly Grant. Er war mit Beauty auf dem Abreiteplatz. In der weißen Reithose und dem schwarzen Jackett sah er geradezu elegant aus. Einige der am Rand stehenden Pferdepflegerinnen applaudierten, als er mit Beauty über die Übungshindernisse setzte. Ganz offensichtlich war Grant wirklich ein so guter Reiter, wie seine Mutter behauptete.
Holly ging zu ihm, um ihn zu begrüßen. Ihr war klar, dass sie sich ganz normal benehmen musste. Sie wollte ihn auf keinen Fall misstrauisch machen.
„Hallo, Holly." Grant schien überrascht, sie zu sehen. Er saß ab und drückte einem der Mädchen Beautys Zügel in die Hand. Dann nahm er die Reitkappe ab und wischte sich

über die Stirn. „Ich hatte nicht damit gerechnet, dich hier zu treffen."

Holly zuckte die Achseln. „Ach, ich bin nur zum Zusehen gekommen."

Grant errötete leicht. „Wirklich schrecklich, was mit Milton passiert ist. Wusstest du, dass die Polizei deswegen bei mir war?"

„Tatsächlich?" Holly tat erstaunt.

„Ja, jemand hat ausgesagt, ich hätte gesehen, wo Belinda den Stallschlüssel aufbewahrt."

„Ach, das hat nichts zu bedeuten", sagte Holly leichthin. „Ich schätze, es ging der Polizei nur darum, alle Möglichkeiten auszuschließen."

Holly fiel auf, wie Grant plötzlich ihrem Blick auswich. „Ja, damit hast du wohl Recht."

Fran schob Mrs D'Angelo in ihrem Rollstuhl zu ihnen her. Grant küsste seine Mutter auf die Wange.

„Ich bin gekommen, um dir Glück zu wünschen", sagte Mrs D'Angelo zu ihrem Sohn.

Fran nahm Holly zur Seite. „Jack kommt auf jeden Fall", versicherte sie ihr. „Ich habe ihm gesagt, dass Grant ihn dringend sprechen will."

„Wir sind Ihnen wirklich sehr dankbar für Ihre Hilfe, Fran", sagte Holly.

Fran zuckte die Achseln. „Ich hoffe nur, dass euer Plan nicht nach hinten losgeht. Was ist, wenn die Polizei mich und Grant verhaftet?"

„Ich habe Frau Inspektor Hadcroft alles erklärt", beruhigte Holly Fran. „Sie sagte, ihr hattet gar keine andere Wahl, als zu schweigen. Denn schließlich hat Jack Pierce euch beide erpresst."

Fran ergriff Hollys Hand. „Ich danke dir", sagte sie gerührt.

Holly entschuldigte sich und verließ Grant, der sich gerade mit seiner Mutter unterhielt. Sie warf einen Blick auf die Uhr. Nur noch zehn Minuten. Allmählich wurde sie unruhig. Warum um alles in der Welt kam Tracy nicht?

Holly drängte sich durch die Menge. Beim Erste-Hilfe-Zelt blieb sie stehen und hielt nach ihrer Freundin Ausschau. Am Erfrischungsstand entdeckte sie Kurt mit der Kamera um den Hals. Ob Tracy bei ihm war? Sie rannte zu ihm.

„Kurt, hast du Tracy gesehen?"

Er schüttelte den Kopf. „Nein. Wollte sie denn kommen?"

„Ja." Holly biss sich auf die Lippe. Tracy kam nie zu spät. Hollys Pulsschlag beschleunigte sich etwas. Vielleicht war ihr etwas passiert. „Ich werde ihr entgegengehen", sagte sie zu Kurt, winkte ihm zum Abschied zu und kämpfte sich zum Eingang durch. Sie warf noch einen Blick auf ihre Uhr und ihre Gedanken überschlugen sich. Wenn Tracy nicht bald kam, würde sie alles verpassen!

Tracy sah auf die Uhr, während sie in halsbrecherischem Tempo in Richtung Reitschule raste. Gerade, als sie das Haus verlassen wollte, hatte ihr Vater aus Kalifornien angerufen. Sie freute sich immer, von ihm zu hören und wollte ihm nicht das Gefühl geben, einen schlechten Zeitpunkt gewählt zu haben, doch als er endlich aufgelegt hatte, war sie schon zehn Minuten zu spät dran.

Tracy war noch knapp einen Kilometer von der Reitschule entfernt, als Jack Pierce in seinem Laster an ihr vorbeifuhr. Tracy stieß einen Freudenschrei aus. Anscheinend verlief alles nach Plan. Sie trat noch kräftiger in die Pedale, um die verlorene Zeit aufzuholen. Sie hasste es, zu spät zu kommen, und Holly würde sich sicher schon fragen, wo sie blieb.

Plötzlich schlingerte ihr Rad und schlug gegen den Bordstein. Tracy bremste scharf und sprang ab. Der Vorderreifen war platt. Sie schaute hektisch auf ihre Uhr. Es war zehn Minuten vor elf. Das letzte Stück zu laufen würde schneller gehen, als das Rad zu flicken.

Tracy lehnte ihr Fahrrad gegen eine Hecke und rannte die paar hundert Meter zum Turnierplatz. Sie sprintete durchs Tor. Hinter einer Hecke konnte sie die Zuschauer sehen. Sie hörte, wie Jake die Sieger und Platzierten der Jugendreiterprüfung bekannt gab. Tracy entdeckte eine Lücke in der Hecke und beschloss, eine Abkürzung zwischen zwei Pferdetransportern hindurch zu nehmen. Sie kam jedoch nicht weit, denn sie prallte mit jemandem zusammen, der aus der anderen Richtung kam.

„Huch!“, keuchte sie. „Entschuldigung!“

Tracy blickte auf und sah in zwei helle Augen mit rötlichen Augenbrauen, die sie unter dem Schirm einer Tweedmütze ansahen. Jack Pierce! Hatte sie jetzt ausgerechnet ihm in die Arme laufen müssen?

Pierce starrte sie verwirrt an. Tracy wollte gerade an ihm vorbeiflitzen, als er ihren Arm packte.

„Was tust du hier?“, knurrte er.

„Dasselbe wie Sie“, antwortete Tracy frech. Sie versuchte,

sich aus seinem Griff zu befreien, doch er war zu stark. „Ich bin hier, um mir das Turnier anzusehen."

Jack Pierce funkelte sie wütend an. „Wie seid ihr von Hill Beck weggekommen? Hattet ihr einen Dietrich dabei oder so was?"

„Das werden Sie wohl nie erfahren", erwiderte Tracy viel mutiger, als sie sich fühlte. Sie versuchte noch einmal, sich zu befreien, und versetzte ihm einen Tritt gegen das Bein. „Lassen Sie mich los!", brüllte sie.

Es war niemand in der Nähe, der sie hätte hören können. Das Turnier war in vollem Gang und der Parkplatz menschenleer. Alle sahen sich die Wettbewerbe an. Tracy überlegte fieberhaft. Sie musste ihm irgendwie entkommen. Sie versuchte, sich aus seinem Griff zu winden, doch ohne Erfolg. Er hielt sie eisern fest und zerrte sie zu seinem Lastwagen.

„Mal sehen, wie du dich diesmal befreien willst!", sagte er mit einem hämischen Grinsen. Er öffnete die Verladerampe und stieß Tracy in den Wagen. „Ich werde nachher entscheiden, was ich mit dir mache", knurrte er. „Ich habe die Nase voll von euch neugierigen Gören!" Er schlug die Klappe zu und verriegelte sie. Dann ging er fort, ohne sich umzusehen.

Im Transporter hämmerte Tracy gegen die Tür.

„Lass mich raus!", brüllte sie. Sie schlug noch einmal gegen die Tür und ließ sich dann zu Boden sinken. Sie ballte wütend die Faust und schmetterte sie auf den Boden. Dann sprang sie auf, rannte im Wagen herum und versetzte dem herumliegenden Stroh hasserfüllte Tritte. Sie rannte zurück zur Tür und schlug immer wieder dagegen. „Hilfe!"

Zu ihrer Überraschung antwortete diesmal jemand. „Hallo? Wer ist denn da drin?"
„Ich bin eingesperrt!", rief sie. „Kannst du die Riegel aufmachen? Bitte beeil dich! Es ist dringend!"
Die Stimme meldete sich gleich wieder. Es war ein Junge. Ein Junge, den Tracy kannte. „Tracy?", fragte er unsicher. „Bist du das?"

Kapitel 15

Der Plan funktioniert

Holly stand hinter dem Sprecherturm, in Sichtweite des Springplatzes, und trat nervös von einem Bein aufs andere. Nur noch fünf Minuten und weder Tracy noch Belinda waren aufgetaucht. Was war bloß los mit ihnen? Holly hatte auch Jack Pierce noch nirgendwo gesehen. Vielleicht hatte er Fran etwas vorgemacht und nach allem, was passiert war, entschieden nicht zu kommen.

Der Plan des Mystery Clubs schien zu scheitern. Es war zwar gut, dass Frau Inspektor Hadcroft und ihr Kollege am Einritt herumstanden, doch im Moment sah es aus, als würden die beiden dort nur ihre Zeit verschwenden.

Plötzlich setzte Hollys Herz einen Moment aus. Jack Pierce drängte sich rücksichtslos durch die Zuschauermassen. Anscheinend suchte er nach Grant.

„Hallo, Holly." Holly drehte hastig den Kopf. Es war Jamie. Sein Mund war mit Eis verschmiert.

„Hallo, Jamie", grüßte Holly ganz abwesend zurück. Sie

stellte sich auf Zehenspitzen, um Jack Pierce nicht aus den Augen zu verlieren. Er stand am Einritt zum Springplatz. Davor hatten sich schon die Teilnehmer zum Springen versammelt.
„Ich muss dir etwas sagen“, verkündete Jamie.
„Nicht jetzt, Jamie“, wehrte Holly ab. „Geh bitte, okay?“ Typisch für ihren Bruder, immer im unpassendsten Moment aufzutauchen.
Jamie zuckte die Achseln. „Na gut. Dann erzähle ich dir eben nichts von Tracy.“
Holly drehte sich ruckartig zu ihm um. „Was weißt du von Tracy?“
„Sie ist in einem Lastwagen eingesperrt, sonst nichts.“
„In einem Lastwagen!“, stieß Holly hervor. Ihre Gedanken überschlugen sich. Wenn Tracy wirklich in einem Laster eingesperrt war, gab es keinen Zweifel, wer das getan hatte. Sie packte Jamie am Arm. „Wo? Zeig es mir!“
„Auf dem Parkplatz. Ich wollte sie befreien, aber ich habe die Riegel nicht aufbekommen.“
„Danke, Jamie!“ Holly rannte so schnell sie konnte zum Parkplatz. Sie musste Jamie nicht einmal fragen, welche Farbe der Lastwagen hatte. Es gehörte kein besonderer Spürsinn dazu zu wissen, dass es ein blauer Laster war, auf dem *Heu- und Strohhandel* stand.
Im Laufen schaute Holly auf ihre Uhr. Nur noch wenige Minuten. Belinda, wo bleibst du nur? Holly fand den Laster ohne Mühe. Sie stieg auf die Stoßstange und schob die Riegel auf. Tracy sprang aus dem Wagen.
„Was ist passiert?“, keuchte Holly.

„Das erzähle ich dir später", sagte Tracy schnell. „Belinda muss gleich starten. Los, komm!"
„Tracy!"
Doch Tracy war schon durchs Tor gesaust und rannte auf den Springplatz zu. Holly rannte ihr nach. Tracy schlängelte sich durch die Zuschauermengen, bis sie den Einritt erreicht hatte. Direkt hinter den beiden Polizisten blieb sie stehen.
Grant beendete gerade seinen Ritt. Die Zuschauer zeigten ihr Mitgefühl, als Beauty die obere Stange des letzten Hindernisses mit den Hinterhufen streifte und aus der Halterung riss. Bis dahin war er fehlerfrei geritten.
„Vier Fehlerpunkte", verkündete Jake, als Grant unter stürmischem Applaus den Parcours verließ.
„Belinda ist die Nächste", flüsterte Tracy, als Holly neben ihr auftauchte.
„Das ist es ja, was ich dir die ganze Zeit sagen will", stöhnte Holly. „Belinda ist nicht hier!"
Tracy drehte sich um. „Was?", fragte sie ungläubig. „Wo ist sie denn dann?"
„Woher soll ich das wissen", erwiderte Holly gereizt.
Jack Pierce wartete schon, als Grant absaß. Erst schaute Grant weg, als Pierce ihn ansprach, dann machte er ein verwundertes Gesicht und schüttelte den Kopf. Jack Pierce runzelte die Stirn und schien verwirrt.
Frau Inspektor Hadcroft und ihr Kollege standen in Hörweite. Die Inspektorin hatte einen kleinen Kassettenrekorder in der Hand und wartete darauf, dass Pierce sich verriet.
Jakes Stimme schallte wieder über den Platz: „Die nächste Starterin ist die Nummer zwei: Belinda Hayes auf Milton."

Von den Zuschauerplätzen war Gemurmel zu hören, doch dann herrschte Schweigen. Alle sahen erwartungsvoll zum Einritt. Als Belinda angesagt wurde, hatte Jack Pierce ruckartig den Kopf gehoben. Er sagte etwas zu Grant, der jedoch nur verständnislos die Schultern hob. Holly und Tracy hielten den Atem an.
Tracy fuhr sich nervös durchs Haar. „Wo steckt sie bloß?"
Holly spürte, wie ihr das Herz bis zum Hals schlug. Sie rang die Hände. Tracy und sie waren zwar hier, doch ohne Belinda war ihr ganzer Plan zum Scheitern verurteilt.
„Es ist hoffnungslos." Tracy war ziemlich verzweifelt. „Alles ist schief gegangen – sie kommt nicht."
„Meine Damen und Herren, es tut mir Leid", hallte Jakes Stimme aus dem Lautsprecher. „Anscheinend ist die Nummer zwei nicht ..."
Plötzlich packte Holly Tracys Arm. Über die Köpfe der Zuschauer hinweg konnte sie Belinda heranreiten sehen. Sie näherte sich im schnellen Trab dem Einritt. Holly machte Luftsprünge vor Aufregung.
„Da ist sie!"
Jack Pierce fielen fast die Augen aus dem Kopf, als Belinda auf dem großen fuchsfarbenen Vollblüter an ihm vorbeitrabte. Sie trug ihr schwarzes Reitjackett und eine blitzsaubere beigefarbene Reithose. Ihre langen Haare waren unter der Reitkappe ordentlich zum Pferdeschwanz gebunden. Im Vorbeireiten warf sie Pierce einen triumphierenden Blick zu, und als sie Holly und Tracy entdeckte, winkte sie den beiden fröhlich zu.
Jack Pierce wurde puterrot vor Zorn. Er drehte sich wutent-

brannt zu Grant um. Seine Augen waren zu schmalen Schlitzen zusammengekniffen.
„Das warst du!", brüllte er. „Du bist nach Hill Beck gefahren und hast die Gören freigelassen, und du hast das verdammte Pferd mitgenommen, nur damit sie es beim Turnier reiten kann. Ich hätte wissen müssen, dass du nicht zu denjenigen gehörst, die ihr Maul halten können!"
Grant versuchte, etwas zu erwidern, doch Jack Pierce war so in Rage, dass ihn nichts mehr aufhalten konnte.
„Warte nur, bis ich deiner Mutter die Sache mit der Gerichtsverhandlung erzähle", wütete er. „Wahrscheinlich wird sie dann einen Herzanfall kriegen! Und was deine Schwester angeht, so ist sie nichts weiter als eine jämmerliche ..."
Grant war wie vom Donner gerührt. Er stand einfach nur da und hörte Jacks Schimpfkanonade an.
Holly konnte sehen, dass die Inspektorin interessiert zuhörte und jedes Wort aufzeichnete. Der Plan des Mystery Clubs funktionierte perfekt!
In der Zwischenzeit hatte Belinda mit Jenny Maylams fuchsfarbenem Vollblüter Roddy die gesamten Hindernisse fehlerfrei überwunden. Nur ein Fachmann hätte feststellen können, dass es sich bei Belindas Pferd nicht um Milton handelte.
Tracy hing an Hollys Arm und hatte sich eine Hand vor den Mund gepresst, um das Lachen zurückzuhalten, denn Jack Pierce schrie noch immer auf Grant ein. „Er schaufelt sich sein eigenes Grab!", kicherte sie.
Als die Inspektorin genug gehört hatte, steckte sie den Kassettenrekorder in die Tasche und nickte ihrem jungen Kolle-

gen zu. Beide gingen auf Pierce zu und die Inspektorin legte ihm eine Hand auf den Arm.
„Jack Pierce?", fragte sie.
Er wirbelte herum. „Ja?", fauchte er.
Die Inspektorin zog einen Haftbefehl hervor. „Ich verhafte Sie wegen Diebstahls von zwei wertvollen Reitpferden."
Plötzlich entdeckte Pierce Holly und Tracy, die hinter den Polizisten standen. Da wurde ihm alles klar. Er drehte sich blitzschnell um und riss sich aus dem Griff der Inspektorin los. Der junge Polizist hechtete vorwärts, doch Pierce bahnte sich bereits rücksichtslos einen Weg durch die Zuschauer.
„Haltet diesen Mann!", rief Holly verzweifelt in die Menschenmenge.
Aber Tracy hatte die Verfolgung schon aufgenommen. Holly schlüpfte unter der Absperrung hindurch und rannte quer über den Springplatz. Vielleicht konnte sie ihm auf diese Weise den Weg abschneiden.
Die Polizisten und Tracy waren nirgendwo zu sehen. Ständig standen Holly irgendwelche Leute im Weg. Sie wäre beinahe über einen Kinderwagen gestürzt und hätte fast ein Kleinkind umgerannt. Holly entschuldigte sich im Vorbeirennen, versuchte immer wieder Gruppen von Zuschauern auszuweichen und scheute sich auch nicht, ihre Ellenbogen einzusetzen. Sie sprang im Rennen hoch und konnte einen kurzen Blick auf Jacks Tweedmütze erhaschen, die sich in Richtung Parkplatz entfernte. Ihr schlug das Herz vor Angst bis zum Hals. Er würde entkommen! Jack Pierce würde entkommen!
Endlich hatte Holly die Menschenmassen hinter sich gelas-

sen. Immer noch keine Spur von Tracy oder den Polizisten. Dann sah sie, wie Pierce auf seinen Lastwagen zuhielt. Holly stöhnte auf. Unmöglich, ihn jemals rechtzeitig einzuholen! Plötzlich ertönte ein lauter Hufschlag hinter ihr. Holly wirbelte herum. Eine Reiterin hatte sich aus der Menge gelöst und kam auf sie zu. Es war Belinda.

„Belinda!", schrie Holly und machte ihr Zeichen. „Schnell, er haut ab!"

Belinda spornte ihr Pferd zu einem rasanten Galopp an. Erdbrocken flogen in alle Richtungen, als Pferd und Reiterin auf den fliehenden Mann zuritten. Als sie ihn eingeholt hatte, beugte sich Belinda nach vorn und packte Pierce am Kragen. Er stürzte. Holly hörte ihn aufschreien, als er kopfüber zu Boden ging.

Roddy kam schlitternd zum Stehen. Belinda sprang ab und rannte zurück. Jack Pierce lag immer noch mit dem Gesicht nach unten auf dem Rasen. Der Aufprall hatte ihm offenbar den Atem genommen. Belinda ließ sich auf seinen Rücken plumpsen. Er versuchte, sich auf die Beine zu kämpfen, doch solange Belinda auf ihm saß, hatte er keine Chance.

„Erwischt!", jubelte Belinda triumphierend.

Jetzt erschienen auch alle anderen. Tracy kam angerannt, dicht gefolgt von den beiden Polizisten. Sie strahlte über das ganze Gesicht.

„Super, Belinda!", rief sie und klatschte begeistert in die Hände.

„Gut gemacht", gratulierte auch die Inspektorin, die vor lauter Anstrengung ganz rot im Gesicht war. „Wir sind nicht schnell genug durch die Menge gekommen."

Belinda stand auf. „Jetzt gehört er Ihnen!“, verkündete sie mit einem breiten Grinsen. „Sie können ihn geschenkt haben!“
Die Polizisten legten Pierce Handschellen an, packten ihn an den Armen und stellten ihn auf die Beine. Dann führten sie ihn zu ihrem Wagen, der neben den Stallungen geparkt war.
Holly und Tracy klopften Belinda begeistert auf den Rücken. „Das war klasse, Belinda!“, rief Holly. „Besser als im Wilden Westen. Aber wo hast du vorhin bloß gesteckt? Wir haben schon gedacht, du kommst nicht!“
„Roddy hat sich beim Abladen ein Hufeisen abgerissen“, erklärte Belinda. „Deshalb mussten wir zuerst zum Schmied.“
Jenny Maylam kam, um ihr Pferd wieder zu übernehmen. Belinda reichte ihr die Zügel. „Vielen Dank, dass Sie ihn uns geliehen haben.“ Sie klopfte Roddy liebevoll das Hinterteil. „Er ist toll. Sogar so toll, dass wir die Springprüfung gewonnen haben!“
Jenny Maylam lächelte. „Ich wusste, dass Roddy dich nicht enttäuschen würde. Und Jack Pierce ist ganz offensichtlich auf unseren Trick hereingefallen.“
„Und ob!“, riefen die drei Mädchen im Chor.
„Jetzt müssen wir aber losfahren und Milton und Ihre graue Stute holen, Jenny“, sagte Belinda.
„Ich werde Roddy in eine der Reitstallboxen stellen und dann können wir sofort los“, schlug die junge Frau vor.
Auf dem Hof der Reitschule unterhielt sich die Inspektorin mit den D’Angelos. Fran rief die Mädchen dazu.
„Wir haben unserer Mutter alles erzählt“, berichtete sie. „Sie hat es sehr gut aufgenommen, nicht wahr, Mutter?“

Mrs D'Angelo nickte. „Mein Sohn hat eine Dummheit gemacht. Wenn er mir gleich von seinen Schulden erzählt hätte, wäre es nie so weit gekommen."
„Das weiß ich jetzt auch", sagte Grant. „Und es tut mir wirklich Leid." Er wendete sich den Mädchen zu. „Die Inspektorin sagt, die Dinge stehen nicht schlecht für uns, und dafür bedanken wir uns bei euch dreien."
Mrs D'Angelo lächelte die drei Freundinnen an. „Ich werde Grants Schulden bezahlen. Und ich hoffe, dass Fran und Grant nicht wegen Behinderung der Polizeiarbeit angeklagt werden." Sie sah zu Grant auf und ergriff seine Hand. „Ich glaube nicht, dass diese Vorkommnisse seiner Chance auf eine Nominierung für die Olympiamannschaft im Wege stehen werden."
Frau Inspektor Hadcroft kam auf die Mädchen zu. „Vielen Dank, ihr drei. Wir haben jetzt genug Beweise, um Jack Pierce für eine lange Zeit hinter Gitter zu bringen."
„Super!", jubelten die Freundinnen wie aus einem Mund.
„Was habt ihr jetzt vor?", fragte die Inspektorin.
„Wir holen Milton", erklärte Belinda. Sie schlenderte zum Polizeiwagen, riss die Tür auf und streckte die Hand aus. „Den Schlüssel, bitte", sagte sie zu Jack Pierce.
Er blickte zwar finster drein, händigte ihr aber den Schlüssel zu Miltons Versteck widerspruchslos aus.

Eine halbe Stunde später rumpelte der Pferdetransporter der Maylams die unebene Straße zur Hill Beck Farm hinauf. Im Führerhaus zappelte Belinda aufgeregt auf dem Sitz herum.

„Oh, mein Liebling!“, rief sie. „Ich kann es kaum erwarten, ihn wiederzusehen!“
Der Transporter war kaum zum Stehen gekommen, als Belinda auch schon hinaussprang. Sie stieß das Tor auf und rannte zu dem alten Tunneleingang. „Ich bin hier, Milton!“, rief sie und rammte den Schlüssel ins Schloss. „Ich rette dich!“ Sie riss das Vorhängeschloss ab und öffnete die Tür weit. Dann stürzte sie hinein und schlang die Arme um den Hals ihres geliebten Pferdes. „Hallo Milton, mein Dicker“, schluchzte sie. „Geht es dir gut?“
Holly und Tracy warteten, bis Belinda ihr Pferd nach draußen geführt hatte. Sie sah die beiden an und in ihren Augen glitzerten die Tränen.
„Seht ihn euch an. Ist er nicht wunderschön?“
„Ja, wirklich“, bestätigten Holly und Tracy und nickten voller Überzeugung.
Belinda rieb sich die Hände. „Jetzt bringen wir Milton nach Hause und dann gehen wir in die Teestube und feiern unseren Erfolg mit riesigen Eisbechern. Was haltet ihr davon?“
„Was ist denn mit deiner Diät?“, fragte Tracy. „Wolltest du nicht heute damit anfangen?“
„Ach, das hat sich erledigt“, sagte Belinda. „Wenn wir in Zukunft öfters solche Aktionen durchführen, muss ich bei Kräften bleiben!“
Holly und Tracy kicherten. Es war großartig, Belinda wieder glücklich zu sehen. Fröhlich scherzend halfen sie Belinda und Jenny beim Verladen der Pferde. Auf dem Heimweg tauchte die Mittagssonne die vor ihnen liegende Moorlandschaft in ein warmes Licht.

Holly lehnte sich in ihrem Sitz zurück und seufzte zufrieden. Was war es doch für ein schönes Gefühl, mit ihren besten Freundinnen hier zu sein. Sie waren schon ein tolles Team. Holly, Tracy und Belinda – der Mystery Club eben.

Laureen Brooke

Heartland

Paradies für Pferde

Zusammen mit ihrer Mutter und ihrem Großvater lebt die 15jährige Amy Fleming auf der Pferdefarm Heartland. Amys Mutter – einer „Pferdeflüsterin" – gelingt es mit großem Erfolg, die Farm zu einer Oase für kranke Pferde zu machen.

Aber am Tag vor Amys Geburtstag trifft die Familie Fleming ein harter Schicksalsschlag: Amys Mutter kommt bei dem Versuch, einen verwirrten und völlig verlassenen Hengst auf die Farm zu bringen, ums Leben. Amy und der prächtige Hengst bleiben traumatisiert zurück und nur langsam gelingt es ihr wieder neuen Lebenswillen zu finden ...

Rückkehr nach Hause Band 1
Nach dem Unfall der Mutter müssen Amy und ihr Großvater die Heartland Farm allein führen. Doch Amy hofft auf Lou, ihre ältere Schwester. Wird sie auf die Pferdefarm zurückkehren?
ISBN 3-473-**34751**-5

Nach dem Sturm Band 2
Seit dem Tod der Mutter führen Amy und Lou sowie ihr Großvater die Heartland Farm allein. Doch die beiden Schwestern sind sehr verschieden – zwischen ihnen kriselt es.
ISBN 3-473-**34752**-3

Hoffen auf Morgen Band 3
Die Farm hat Schwierigkeiten: Kunden bleiben aus, das Geld wird knapp und die Konkurrenz nutzt schamlos die Situation aus. Da kommt ein neuer Auftrag ...
ISBN 3-473-**34753**-1

Die Chance Band 4
Auf der Heartland Farm taucht Ben auf: Er trainiert sein Pferd mit rüden Methoden, was ihn mit Amy in Konflikt bringt.
ISBN 3-473-**34754**-X

Träume und Enttäuschungen Band 5
Die Stute Melody soll auf Heartland ihr Fohlen zur Welt bringen, doch auf der Fahrt zur Farm verletzt sie sich ... Amy und Lou haben erneut Streit: Ihr Vater ist aufgetaucht!
ISBN 3-473-**34755**-8

Hohe Erwartungen Band 6
Das Fohlen der Stute Melody macht Amy große Schwierigkeiten – doch Probleme gibt es auch sonst noch genug ... Nur die Freundschaft zu Ty und Ben bewahrt Amy vor dem Schlimmsten.
ISBN 3-473-**34756**-6

... und sechs weitere Bände über Pferde, Freundschaft und Liebe auf der Heartland Farm!

Gute Idee.

Ravensburger